AF346995

ŒUVRES
MÊLÉES
DU SIEUR ***

OUVRAGE EN VERS ET EN PROSE.

ŒUVRES MÊLÉES

DU SIEUR ***

OUVRAGE EN VERS ET EN PROSE;

CONTENANT des Remarques curieuses sur les Mystères de la Confrairie des FRANCS-MAÇONS, sur la Lettre de J. J. ROUSSEAU, contre la Musique Françoise, & sur le Dialogue de Pégaze & du Vieillard, par M. de Voltaire.

A AMSTERDAM.

M. DCC. LXXV.

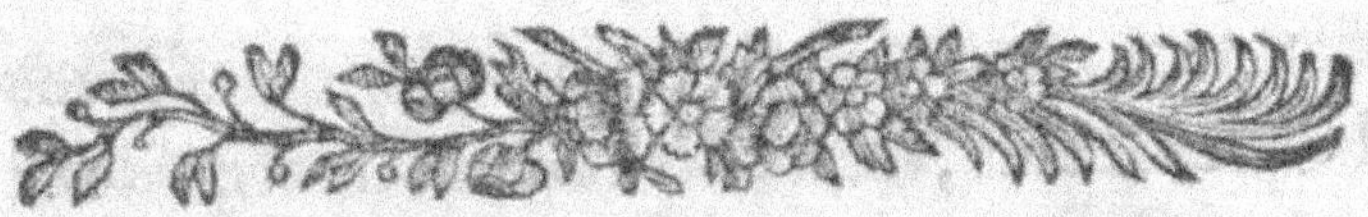

LETTRE

A

M^r DE VILLEMUR,

RECEVEUR GÉNÉRAL DES FINANCES,

En lui envoyant ces Œuvres mêlées.

MONSIEUR,

Ne craignez pas de trouver dans cette Lettre de ces Eloges qui deshonorent & offensent la Vérité & qu'on prodigue, ordinairement, dans toutes les Dédicaces,

» Où, toujours, le Héros passe pour sans pareil,
» Et fût-il louche & borgne, est réputé Soleil. (1)

Pour ne pas risquer d'imiter ces ridicules

______

(1) Desp. Ep. IX.

flateurs, je ne rends hommage ici qu'à vos bontés seules, & à votre bienfaisance, dont j'ai ressenti, si souvent, les effets.

Je ne puis, MONSIEUR, murmurer contre mes malheurs quand je me rapelle qu'ils m'ont procuré l'honneur de vous connoître. Je n'ai pas eu d'autres Introducteurs auprès de vous. Sous leurs auspices, j'ai pris la liberté de vous importuner, & vous m'avez reçu avec autant d'affabilité que de politesse. Il y a plus, MONSIEUR, & je ne rougis pas de l'avouer publiquement, ces malheurs vous ont déterminé, sur le champ, à m'honorer de vos secours généreux de la maniere la plus salutaire & la plus glorieuse pour moi.

> Le vieux Proverbe aussi ne dit pas sans raison,
> Que le malheur, souvent, à quelque chose est bon.

Les plus puissants Protecteurs des Sciences & des beaux Arts ne protégent, chacun en particulier, que les Artistes qui cultivent les divers Talents qu'ils affectent le plus.

Mais vous, MONSIEUR, vous n'avez jamais admis de différence entr'eux, lorsqu'il ne s'agiſſoit que de les ſecourir. Tous les Enfants d'*Apollon*, quelque route qu'ils ſuivent, vous ſont également chers, & ont les mêmes droits ſur vos bontés. Ils doivent donc tous vous rendre le même Hommage , ſoit pour le bien que vous leur avez fait , ſoit pour celui que vous leur feriez encore , ſans doute , ſi des revers, qu'on ne peut attribuer qu'aux funeſtes caprices de la Fortune, ne vous en avoient pas enlevé les moyens. Mais ces revers, tels qu'ils ſoient , ne les diſpenſent nullement de ſe reſſouvenir toujours des obligations qu'ils vous ont. Un honnête Homme ne doit pas oublier, ni abandonner les Perſonnes qui lui ont rendu ſervice , parce qu'elles ne ſont plus en état de lui en rendre , ou qu'il n'a plus beſoin d'elles. L'Italien dit auſſi, proverbialement, que *les ingrats ſont ſemblables aux Bêtes , qui , après avoir étanché leur ſoif , tournent le dos à la Fontaine.*

a iv

Levata la fete, fi voltano, le fpalle al Fonte.

Quoique les Hommes obligeants foient fort rares, les ingrats ne font que trop communs : comme je ne veux point augmenter le nombre de ces Monftres odieux, c'eft ce Tribut fi légitime de reconnoiffance & de vénération, que je vous offre, Monsieur, en vous confacrant ce petit Ouvrage. Daignez recevoir cet Hommage défintéreffé, comme un témoignage autentique de la mémoire, que j'aurai jufqu'au Tombeau, des bienfaits dont vous m'avez tant de fois comblé & de la part que je prends à vos difgraces.

Pourquoi faut-il que des Hommes tels que vous, fi dignes de poff180 tous les biens de la *Fortune*, foient en bute à fes perfécutions, tandis que, conftamment, elle prodigue fes faveurs à des *Arpagon* & à des *Feffe-Mathieu*, qui n'en font aucun bon ufage & qui n'en profitent pas eux-mêmes ? Ce n'eft, fans doute, que par cette trop finguliere efpéce d'Hommes que la *fortune* peut avoir été déifiée ; car cette prétendue Divinité est le principal objet des mépris du *Sage*. Il la compare à l'Aigle de la Fable , qui n'éléve la *Tortue* dans les Airs, que pour la laisser retomber , à l'effet de briser son écaille & de pouvoir la manger plus facilement.

Heureux sont les Hommes que la *Fortune* favorise , mais plus heureux encore sont ceux qu'elle n'a jamais favorisés ; parce que ceux-là ne sauroient éprouver ses caprices, ni ses cruels revers , & que d'ailleurs ils ont l'avantage d'être accoutumés à vivre dans l'indigence.

Lorsque *Severinus* , Consul Romain , fut fait Prisonnier d'*Alaric* , Roi des *Goths* , ce Consul adressa à la *Fortune* les reproches dont voici la teneur : » O *Fortune* ! que tu es » féconde en promesses & stérile en effets ! » Tu fais ce qu'il te plaît ; mais rarement » ce que tu devrois faire. Je m'apperçois, » à présent, que les Hommes , que tu as

» toujours favorisés , & que tu abandon-
» nes à la fin de leur carrière , sont les plus
» malheureux , l'indigence leur étant bien
» plus difficile à suporter qu'à ceux qui n'ont
» jamais reçu la moindre de tes faveurs. »
Mais que peut-on attendre de cette Déesse,
que rien n'est capable d'arrêter , ni de fixer
nulle part ? D'ailleurs le Hazard, qui n'y voit
pas mieux qu'elle , guide seul ses pas & dis-
tribue ses richesses. On ne doit donc pas
être surpris que la vertu & le mérite en
soient si souvent mal partagés.

Passibus ambiguis Fortuna volubilis errat ,
Et manet in nullo certa tenaxque loco.

D'usai-je abuser de la permission , qu'on
accorde , ordinairement , assez volontiers ,
aux Auteurs qui ont plus de mémoire que
d'esprit , j'ornerai encore cette Epitre des
Vers suivants sur le même sujet.

» C'est toi, *Fortune* inconstante ,
» Flateuse Divinité,
» Qui , pour remplir notre attente ;
» Charme notre vanité.

» Menteufe dans tes promeffes ;
» Injuftes dans tes largeffes ,
» Terrible dans tes revers ;
» Eft-il un jour qui finiffe ,
» Sans nous montrer ton caprice ,
» Par mille exemple divers ?

Ce qui doit vous confoler beaucoup , MONSIEUR , c'eft que cette extravagante & méprifable Déeffe , éléve , ordinairement , les Hommes qu'elle devroit humilier , & humilie ceux qu'il feroit jufte & glorieux pour elle d'élever. C'eft fa maxime la plus commune. Or , felon cette odieufe maxime , vous n'avez donc aucun reproche à lui faire. Quoi qu'il en foit, fon inconftance à votre égard , n'empêche pas que vos généreufes actions , fi fouvent réïtérées en faveur des Artiftes infortunés , votre candeur & votre bouche toujours véridique , ne vous immortalifent. Un Sage l'a décidé avant moi , en établiffant ce Principe. » Si » nous avons , « dit-il » quelque voie pour » nous rendre femblables aux Dieux , c'eft

» de faire du bien & de dire la vérité. (1) »
L'Orateur Romain prétend auffi , que
ces vertus font celles qui approchent le plus
les Hommes de la Divinité. *Homines ad Deos,
nullá re , propriùs accedunt , quàm falutem ho-
minibus dando.* (2)

Au refte , MONSIEUR, quelqu'envie que
j'euffe de vous rendre l'Hommage que vous
méritez , votre modeftie m'impofe filence ,
& d'ailleurs plus j'admire votre belle ame &
les excellentes qualités de votre cœur , plus
je me fens incapable d'en tracer ici le fidéle
Tableau. Cependant jo ferois l e difputer aux
plus éloquents Orateurs, fi cela ne dépendoit
que du zèle , de la reconnoiffance & du ref-
pectueux attachement avec lefquels je fuis &
ferai toute ma vie ,

MONSIEUR,

Votre très-humble & très-
obéiffant Serviteur * * *

(1) *Pythagore.*
(2) *Ciceron , pro ligario.*

ŒUVRES
MÊLÉES
DU SIEUR ***

VERS

Présentés à S. A. S. Monseigneur le Prince de Conti, Prince du Sang, Grand-Prieur de France ; sur lesquels Vers ce Grand Prince a daigné accorder un Logement gratis dans son Temple, à l'Auteur, où il demeure depuis plus de dix ans.

Dans votre Armoire lyrique,
Où nos Docteurs en Musique,
Par Alphabet, sont rangés,
Mes Œuvres ont déjà l'honneur d'être logés.
Mais, dites-moi, Grand Prince, en ce Palais antique,

    Rajeuni par votre séjour,
Seroit-il un recoin, abandonné, rustique,
    Où mon *Apollon*, à son tour,
    Pût placer toute sa boutique ?
    C'est-là, que la nuit & le jour,
Il seroit, de plein-pied, à vous faire sa Cour.
    Je ne cherche point l'avantage
    D'œconomiser un loyer,
      Toujours cher dans mon Quartier,
      Fût-ce au quatriéme étage.
Celui, que vos bontés daigneroient m'octroyer,
    Je le payerois davantage
Si, toutefois, GRAND PRINCE, il falloit le payer.

EPITRE

À Feu MONSEIGNEUR le CHEVALIER D'ORLÉANS, Grand-Prieur de France, Général des Galéres du ROI, Grand d'Espagne, Lieutenant-Général ès Mers du Levant.

DE nos talens Emule & Protecteur,
    SEIGNEUR, agréez mon hommage.
Si votre goût, trop juste, intimide l'Auteur,
    Votre indulgence l'encourage.
    Amoureux du progrès des Arts,
Vous nous daignez vous-même applanir la carrière :
Vous épanchez sur nous cette vive lumiere,

Dont *Apollon* anime vos regards.
Les *Muses*, de votre jeune âge,
Ont fait les prémiers plaisirs;
Tout ce que *Mars* encor vous permet de loisirs,
Entre les *neuf Sœurs* se partage.

C'est d'elles que vous empruntez
Tous ces agrémens, qui relevent
L'auguste Sang dont vous sortez.
Par leurs soins les Héros s'achevent;
Sans leurs secours, les Grands ne sont que respectés.

Celui, qui des Troyens sut abattre l'Empire,
Manioit, tour-à-tour,
Et l'épée & la lyre;
Verrai-je votre main (c'est l'honneur où j'aspire)
Sur mes nouveaux accords s'exercer quelque jour?

ETRENNES

A MONSEIGNEUR le MARÉCHAL PRINCE DE SOUBISE.

GRAND PRINCE, pour pouvoir, en ce jour fastueux,
Te renouveller l'assurance
De mon respect & de mes vœux;
J'ai d'*Apollon*, en vain, imploré l'assistance.
Ce Dieu, trop jaloux de ses droits,
Et de ses droits, sur-tout, les plus honorifiques,
Veut célébrer lui seul les vertus héroïques,

Ton illustre naissance & ton rang glorieux;
Déjà de ses concerts les échos retentissent,
A ses divins accords tous les Dieux applaudissent.
Mais que peut ajouter son Chant mélodieux
   A la triomphale Couronne
  Dont le plus juste & le plus grand des Rois
  A ceint ton front, de l'aveu de Bellonne ?
Phœbus a beau chanter; il ne peut, par sa voix,
Augmenter de ton nom l'éclatante lumiere.
L'Arbitre souverain des plus vaillans Héros
Reconnoît dans ton cœur cette vertu guerrière;
Qui t'a fait mille fois, & toujours à propos,
Couvrir, au Champ de *Mars*, de sang & de poussières
Ce Monarque a tout dit, & les honneurs royaux
Que sa justice attache à tes nobles travaux,
   Si glorieux à son Empire,
   Ne nous laissent plus rien à dire.
Gravons donc dans nos cœurs & ta gloire & ton nom;
   Favori, je ne puis le taire,
Et l'ami du plus grand & plus puissant BOURBON;
Mais, pour ne pas, sur nous, attirer la colere,
De *Phœbus*, des *neuf Sœurs* & du sacré Valon,
Rendons, tacitement, hommage à ta vaillance,
A ta grandeur suprême, à ta magnificence,
Qui nous font plus encor admirer ta bonté,
   Ton affabilité,
   Ta douceur, ta clémence,
  Ta modestie & ton humanité.
   Ah ! que n'est-il en ma puissance
   De compter, de ta bienfaisance,
  Les actions de générosité !

Ou de peindre, du moins, de l'expirante Envie,
Que tu tiens sous tes pieds, l'infernale agonie,
Et de ses horribles Serpens
D'exprimer les honteux & derniers sifflemens !
Mais *Apollon* ordonne le silence
A tout Auteur dépourvu d'éloquence ;
Et je dois obéir à cette juste loi.
Ainsi, SEIGNEUR, n'attends de moi
Que des vœux inspirés par la reconnoissance,
Et que sans cesse, au Ciel, j'adresserai pour toi.

RONDEAU
AU MÊME PRINCE.

QU'UN Auteur renommé, sans craindre le naufrage,
Te rende, s'il le peut, un légitime hommage ;
Qu'il chante tes vertus, qu'il étale à nos yeux
Celles que possédoient tes augustes Ayeux :
Il n'appartient qu'à lui d'ébaucher cet ouvrage.

Ne crains donc pas, SEIGNEUR, qu'ici, selon l'usage,
J'offre de ces vertus l'immortel assemblage :
Je les connois de même, & peut-être encore mieux,
Qu'un Auteur.

Mais quoiqu'à les chanter ta bonté m'encourage,
Ignorant des *neuf Sœurs* le sublime langage,
J'abandonne ce soin au plus brillant des Dieux,
Si, sans lui disputer cet emploi glorieux,
Mon zèle te suffit, j'aurai plus davantage
Qu'un Auteur.

A

AUTRE

A Monsieur MONTULLÉ DE VILLAVRANT, *Marquis de Saint-Port, Conseiller d'État, & Secretaire des Commandements de la* REINE.

DANS ce jour où, par pelotons,
On voit les cœurs courir les ruës,
Où l'on se fait maints & maints dons,
Toujours dans de différentes vuës;
Dans ce jour où, d'un air flatteur,
Le Gascon & le pauvre Auteur
Font souvent de vaines courbettes
Dans ce jour où, par de beaux Vers,
On chante les attraits divers
Et des Blondes & des Brunettes,
Si, de concert avec *Plutus*,
Phœbus me donnoit sa science
Et le Dieu de l'or ses écus,
De ma juste reconnoissance,
Je t'offrirois les vrais tributs :
Car enfin, si *Plutus*, sensible
A mes magnifiques projets,
En m'honorant de ses bienfaits,
Daignoit me rendre tout possible,
S'il m'accordoit de ses faveurs,

Dont son aveuglement insigne
Comble, souvent, le plus indigne
Au préjudice des meilleurs,
J'irois, sur le champ, en emplette
Chez *Lafrenaye* ou chez *Rondet* :
Là, plus fier qu'un jeune Cadet,
Qui porte avec lui sa toilette,
J'acheterois mille bijoux
D'or, d'argent & de porcelaines,
De l'élixir de tous les goûts
Je te formerois des étrennes.
Ou si le blond Ménétrier
Me prodiguoit ses acollades,
Et que de son fringant Coursier
Je susse braver les ruades,
Je peindrois ton air enchanteur,
Ton humanité, ta candeur,
Ton esprit juste & plein de charmes,
Ton aimable affabilité,
Sur-tout ta générosité,
A qui tout Paris rend les armes.
Mais, dépourvu de ces talens,
Qu'au renouvellement des ans
Font éclater pour toi les *Muses*,
En t'offrant un si foible encens,
Puis-je te faire trop d'excuses ?
Cependant ce grand jour le veut,
Pour te donner, selon l'usage,
De ma reconnoissance un gage,
Mon esprit fait plus qu'il ne peut.
    Je serois plus heureux que sage

Si tu pouvois juger par-là,
Aimable & tendre AGRICOLA (1);
Des vœux qu'au Ciel pour toi j'adresse,
Et pour tout ce qui t'intéresse.

AUTRE

A MONSIEUR REBEL,

Surintendant de la Musique de la Chambre du Roi,
Chevalier de son Ordre, & Administrateur Général
de l'Académie Royale de Musique.

Toi, qui sais faire aimer & respecter les Loix
Du Maître des *neuf Sœurs* & de son harmonie;
Toi, dont les tendres chants & le brillant génie
Ont été couronnés d'une unanime voix,
  Par l'immortelle *Polymnie*
  Et par le plus puissant des Rois,
  Ce jour exige mon hommage.
  L'An se renouvelle, & je doi
  Te présenter un nouveau gage

---

(1) Consul Romain, ainsi nommé pour la Loi *Agraire* en faveur des Citoyens Romains. Ce Consul fut aimé de l'Empereur, du Sénat & du Peuple dans les crises les plus critiques de la République, & s'acquit, par ses actions d'humanité, la juste réputation d'être un des plus zélés protecteurs & bienfaicteurs des honnêtes gens infortunés.

Des sentiments que j'ai pour toi.
Mais que t'offrirai-je, dis moi ?
Mon Cœur ? Hélas ! c'est peu de chose :
Des Vers ? Ceux que produit mon Luth
Ne valent pas de bonne Prose,
Et c'est, pour ton mérite, un trop foible Tribut.
Je reconnois mon impuissance :
Ne faisons point de vains efforts,
Et bornons, à des vœux, mon zéle & les transports
De ma juste reconnoissance.
Dans cet emploi charmant, que j'aurai de Rivaux !
Car la divine Providence,
Qui, de tes immortels travaux,
Récompense aussi l'excellence,
T'a fait beaucoup d'amis & presque point d'égaux.
Si le Dieu du Destin seconde mon envie,
Sans cesse il veillera sur tes jours précieux,
Et le cours fortuné d'une si belle vie
Egalera celui des Cieux.

AUTRE

A MONSIEUR RAULT,

Premiere Flûte de la Chambre du Roi & de l'Académie Royale de Musique, Pensionnaire de Sa Majesté.

ILLUSTRE Ami, que j'aime autant que je révère,
Qui sait associer, au pouvoir d'*Amphion*,

Les nobles sentimens, l'excellent caractère,
L'humanité, l'esprit & l'éducation.
Si *Phœbus* eût, pour moi, voulu monter sa Lyre,
          Je t'offrirois des Vers parfaits,
Des Vers qu'admireroit même ce maître Sire,
Des Vers dignes de toi, c'est, en un mot, tout dire.
Mais ceux-ci, dont *Phœbus*, à mes dépens, va rire,
          Par l'amitié seule sont faits,
Et ses Vers sont, souvent, bien dignes de critique.
Qu'importe, de ma *Muse*, Ami, tu n'attends pas
De ces chants élégans, tendres & délicats,
          Qu'exige ton Panégyrique.
Des complimens, d'ailleurs, tu ne fais pas grand cas,
          Et tu dois même en être las.
          En vain tu voudrois t'y soustraire,
Malgré toi, de l'usage, il faut suivre le cours,
Et prêter ton oreille à de flatteurs discours.
Mais si vraiment l'encens ne sut jamais te plaire,
Pourquoi mérites-tu qu'on t'encense toujours?
          Ne va pas, en Lecteur habile,
          Moins indulgent que difficile,
Examiner mon style avec sévérité.
Il s'agit de chanter un Ami que j'honore:
Je chante, malgré toute impossibilité,
Sans voix, sans art, & crois qu'une phrase sonore,
          En prouvant ma capacité,
Te prouverois bien moins le zèle qui m'emporte
A te jurer, cher RAULT, l'amitié la plus forte
          Par mes trop foibles Vers,
Où rimes & raison sont peut-être à l'envers.
          Excuse donc en moi ce zèle,

Qui ne peut empêcher ma fausse chanterelle
De jurer sous l'archet.
Je l'avourai pourtant, c'est un zèle indiscret.
Puisse le Dieu des Destinées,
En prolongeant tes jours, satisfaire mes vœux !
Peut-on trop souhaiter d'années,
De bien & d'heureuses journées,
A qui sait être Ami sincere & généreux ?

AUTRES

A MADAME CAZAU,

Pensionnaire de l'Académie Royale de Musique.

DANS ce temps incommode, où souvent on s'explique
Avec plus d'art que de sincérité,
Où l'intérêt, la politique
Font la nique à la vérité,
Souffrez, ô Phénix des Syrènes !
Qui n'attendez de moi, sûrement, ni bijoux,
Ni rubans, ni pompons, ni mitons, ni mitaines,
Souffrez donc, du moins, que pour vous
Ma *Muse*, sauvage & ratière,
Aille dans le sacré Valon
Fouler l'odorante litière
Du rétif Cheval d'*Apollon.*
A l'instant elle vole où son devoir l'appelle :
Mais *Apollon*, désapprouvant son zèle,

L'arrête, & lui tient ce discours.
» Tu viens en vain implorer mon secours ;
　» Modère ta fougue indiscrète.
　» La Dame, à qui tes foibles Vers
　» Pour étrennes seroient offerts,
　» S'en trouveroit peu satisfaite.
» Je veux, en ce beau jour, célébrer ses vertus
　» Et tous ses rares attributs.
　» Me disputes-tu cette gloire ?
　» Crois-tu sur moi remporter la victoire ?
» En passant, aurois-tu déjà bu trop d'un coup
　» A la Fontaine d'Hippocrène ?
» Apprens que *Pégaze* a, souvent, la courte haleine ;
　» Et que tu dois t'en défier beaucoup.
　» D'ailleurs, il n'a bridon ni bride ;
» Il pourroit te noyer dans l'onde Aganippide,
» Sur les bords de laquelle on voit maint affreux Loup,
» Déchirer son pareil, fût-il même son pere.
» Apprens de plus encore, pauvre Auteur éphémère,
　» Qu'il faut, du divin *Apollon*,
　» Et la Voix & le Violon
　» Pour chanter des Graces la Mere.

Ce Discours a rendu mon foible esprit perclus ;
Daignez donc, aujourd'hui, l'agréer pour étrennes ;
C'est, mot pour mot, l'avis, que l'obligeant *Phœbus*
　Vient de me donner pour les miennes.

LE ROSSIGNOL,

ET

L'AVARE AMATEUR DE MUSIQUE.

FABLE.

Un Rossignol, non d'Arcadie,
Sut attirer plus d'une fois,
Par sa divine mélodie,
Un riche Avare dans nos Bois.
Cet Avare, enchanté du plaisir de l'entendre,
Le poursuit d'arbre en arbre ; &, pour le mieux surprendre,
Il l'aborde, & lui dit, d'un ton plein de douceur,
» Beau Rossignol, tes chants ont attendri mon cœur ;
» Quitte de ces hameaux les rustiques retraites,
    » Pour un Rossignol comme toi
        » Elles ne sont pas faites :
           » Viens chez moi ;
    » Là, ton mélodieux ramage
» Aux meilleurs Amphions donnant toujours la loi ;
    » Tu recevras leur légitime hommage.
» Suis-moi, je ne veux point gêner ta liberté ;
» Mon plaisir dépend trop de ta félicité.
    » A ton gré charmes mes oreilles ;
    » Satisfait d'ouïr tes merveilles,
» Je te ferai jouir de la tranquillité,
» Et personne sur toi n'aura d'autorité ».

Le Rossignol, complaisant, peu farouche,
Et, sur-tout, désintéressé,
Céde au Harangueur, qui le touche,
Et le suit d'un vol empressé.
Son Hôte le reçoit, &, de belles promesses,
Il accompagne ses caresses.

« Venez, charmant Oiseau, voilà mon poulailler,
» Vivez-y comme un Coq, qui, seul sur son pailler,
» Sait ne dépendre de personne;
» De bon cœur je vous l'abandonne.
» Pour vous, j'en ai chassé Poulettes & Poulets,
» Et veux, dans ce séjour, vous combler de bienfaits «.

Le Rossignol, contre nature,
Réclus dans cette cage obscure,
Où jamais de Phœbus on ne vit un rayon,
Par ses accens, faisoit de son Propriétaire
La joie & l'admiration.
Mais la froide saison l'obligeant à se taire,
Aussi-tôt il finit ses chants.

» Comment ! dit l'Avare en colere,
» Il ne chante pas plus long-tems ?
» Moi qui sacrifiois au plaisir de l'entendre,
» Ce que mes poules rapportoient,
» Je suis la dupe, & ne puis plus prétendre
» Aux chants d'un Rossignol dont les sons me flattoient ?
» C'en est fait, je suis las de lui donner un gîte;
» Que de sa cage il déloge au plus vite.

A cette cruauté mettant enfin le seau,
Il se détermine, sans peine,
A renvoyer ce séduisant oiseau,

Pour lui substituer quelque commun moineau,
  Propre à chanter à la semaine.
C'est, pourtant, des beaux Arts un insigne amateur :
Mais de payer l'habile artiste, serviteur.
  Le Rossignol, malgré sa voix divine,
   Fut obligé de déguerpir :
   Raison, reproche, ni soupir,
Ne purent émouvoir une ame aussi mesquine.
» Songez, dit Harpagon, à me dédommager
» De ce que m'a coûté le soin de vous loger.
 » Votre entretien causeroit ma ruine.
Le Rossignol surpris, dit : » quelle dureté !
» Qu'ai-je gagné chez vous, dites-moi, je vous prie ?
  » Je n'avois que ma liberté :
  » Ne me l'avez-vous pas ravie ?
» Que puis-je vous donner ? Je n'ai que mes chansons,
» Et mon gosier n'est pas de toutes les saisons.
» Quand je pourrai chanter quelque tendre Elégie,
» Et sur-tout vos bienfaits, où la palinodie,
  » Payez-vous, écoutez mes sons,
  » Et profitez de mes leçons.
» Il me faut, dit l'Avare, un loyer plus solide.
» Mais comme je prétends bien agir avec vous,
  » Et que jamais l'intérêt ne me guide,
 » Je crois vous faire un sort encor trop doux
  » En vous demandant quelques plumes.
» Le Printems n'est pas loin, ne craignez point les rhumes,
» Sa Saison va vous rendre un plumage nouveau.
A ces mots doucereux il saute sur l'oiseau,
  Le plume, puis après le chasse.
Le pauvre Rossignol retourne dans les Bois ;

Il chante d'Harpagon les inhumaines loix ;
    Sa cruauté , & tient à grace ,
Tout dépouillé qu'il est, d'être éloigné de lui.
A ses tristes clameurs , à son mortel ennui,
Les échos d'alentour savent rendre justice ,
Du cruel Harpagon la honte & l'avarice ,
Dans tous les lieux voisins , éclatent aujourd'hui.
    Mais il se rit de l'aventure ,
    Content d'avoir son poulailler ,
Voulant qu'un autre oiseau le paye avec usure ,
    D'un Chantre de mauvais augure
    Enfin il va s'encanailler.
    Pour Rossignol , il prend un Merle ;
Et croit des Rossignols avoir trouvé la perle.

    Gens à talens & beaux Esprits ,
Ne vous arrêtez point aux discours d'un Avare ,
Le mérite chez lui ne reçoit point son prix :
Il aime autant, & mieux , Chapelain que Pindare.
    De l'Or uniquement épris ,
    Ce qui coûte moins de louis
    Paroît toujours à ce Barbare
Le plus beau , le meilleur , & même le plus rare.

    Et vous , des beaux Arts amateurs,
    Ne refusez point vos faveurs
    A l'Artiste qui vous approche.
    Cette Fable est un vrai reproche ;
Les mauvais traitemens ne portent point à faux ;
Ainsi que vos vertus , on chante vos défauts.

BOUQUET

BOUQUET
A MADEMOISELLE ***

Pour le jour de Sainte Marguerite.

POUR vous donner un Bouquet
J'avois éveillé ma *Muse*,
Petite Laidron, Camuse,
Bourgeoise ; dont le caquet
Plaît, déplaît, ennuie, amuse ;
Comme le hazard y fait.
J'ai vu que sa Cornemuse
Ne pouvoit monter au ton
De la Lyre d'*Apollon* :
L'impuissance est une excuse :
Pour célébrer vos apas,
Il faut ces sons délicats,
Que, souvent, *Phœbus* refuse
A tel qui ne le croit pas.
Mon pinceau, pour tout mérite,
Sait charbonner les Portraits ;
De qui ? D'une *Marguerite*
Qui ratisse des Navets.
Mais quoi ! le BASSAN rustique,
Dans le choix de ses sujets,
A maints grands Peintres fait nique.

B

Dans de riches Cabinets.
Eh ! qui fait fi la Laitière ,
Que l'on voit dans ses Tableaux ;
N'est pas quelque *Nimphe* fière
Qui voulut , de la manière ,
Faire admirer ces lambeaux ?
La Beauté , la Gentillesse ,
Diverses dans chaque espéce ,
Dites-moi , font-elles pas
De tous rangs , de tous états ?
Quoique ma main vous habille
D'une légere guenille ,
Ainsi que drapoit CALLOT ,
On verra plus d'un APPELLE ,
Et plus d'un galant Dévot ,
Adorer la Demoiselle ,
Elégante , noble & belle ,
Sous les haillons de MARGOT.

LE COQ,

Envoyé à Madame D'IVERNI, pour être de sa
Basse - Cour.

L'EFFORT de la reconnoissance
De celui qui me donne à vous ,
Du Siécle d'Or nous ramene l'enfance ;
Siécle où les Animaux , aussi polis que doux ,

Parloient, & chaque mot étoit une Sentence.
Mais, belle Dame, quant à moi,
Je suis fort éloigné d'avoir cette éloquence.
D'ailleurs, très-fermement, je croî
Qu'une Bête, chez vous, doit garder le silence.
Occupé seulement du glorieux emploi
De coqueter vos gentilles Pouletes,
Et de chanter, jour & nuit, leurs défaites;
Je serai très-content & plus content qu'un Roi.
Aussi, bien loin de vivre en Maître
Et d'être fier sur mon Pailler,
Je ferai tout pour reconnaître
Le soin que vous prenez de si bien m'allier:
De votre Basse-cour je serai le vrai Pere.
Tous les jours vous aurez des Œufs, & des plus frais;
Je vous les ferai faire exprès
Par ma Poulete la plus chere.
A propos, je saurai vous tirer du sommeil;
Et j'apprendrai votre réveil
A tout le voisinage.
Enfin, ravi de mon destin,
Je veux que le Quartier dise, avec avantage;
Quiconque a bon Voisin
A bon Matin.

EPITRE POSTHUME

D'UN LEVREAU

A MONSIEUR TRONCHIN,

Médecin de S. A. S. MONSEIGNEUR LE DUC D'ORLÉANS.

Esculape nouveau, dont la haute science
Sait, souvent, affranchir les Mortels du trépas;
Toi, qui de la Mort même, éludant la puissance,
L'empêche de régner où tu portes tes pas,
Daignes, après la mienne, agréer mon hommage,
Et, de mon amitié, le plus précieux gage.
　　Quoique tu sois, malgré la Faculté,
　　　　Docteur en Médecine
　　　　Et de grande Doctrine,
　　Des Morts tu n'es point détesté.
Leur triste sort n'étant pas ton ouvrage,
On ne peut, justement, t'appliquer ce passage;
　　Non mortui laudabunt te.
Mais, illustre & fidéle Ami de la Nature,
　　Et de la tendre Humanité,
Je ne puis, par ton Art, être ressuscité:
　　Donnes-moi donc la Sépulture,
　　Et tu feras ce qu'aucun Médecin
　　N'a fait pour Homme au-dessous du Tonnerre;

En France, en Italie, ainſi qu'en Angleterre ;
Par-tout il eſt, dit-on, des Humains l'aſſaſſin ;
Mais jamais il ne les enterre.

TESTAMENT OLOGRAPHE

DE DEUX LIÈVRES,

MÂLE ET FEMELLE,

Fait en faveur du même Docteur.

NOus Doyens des Levreaux du grand Parc de Vincene ;
  Qui, graces à notre frayeur,
  Avons, ſouvent, mis hors d'haleine
Maint brave Levrier & maint ruſé Chaſſeur :
  Sachant que la Mort eſt certaine,
 Que tout ce qui reſpire éprouve ſa fureur,
  Brave, Poltron, Ane & Docteur,
Et qu'on ne peut fléchir cette affreuſe Inhumaine :
  Conſidérant, avec chagrin,
 Que, malgré nous, il faut faire une fin :
 Voulant qu'alors, ni débats, ni querelles
  Ne diviſent nos Héritiers,
Et que nos volontés demeurent telles qu'elles :
  Craignant, de plus, ces Officiers
Qui, bien que les Supôts de la Juſtice même,
 Lorſqu'il s'agit de vous mettre d'accord,
  Font leur profit des biens du Mort :

B iij

Pour prévenir , de leur Système ;
Les fâcheux inconvénients ,
Nous , étant encor bien vivants ;
(Mais vivants toujours dans la crainte
De recevoir quelque mortelle atteinte ,)
Avons écrit de notre main ,
C'eſt-à-dire , de notre pate ,
Signés avec paraphe & date ,
Le préſent Teſtament aujourd'hui pour demain.

LAISSONS à nos Hoirs ayant cauſe
(Et cela ſans aucune clauſe)
Notre frayeur & notre agilité :
Cette frayeur leur ſera ſalutaire
Pour éviter les coups du Chaſſeur redouté,
Que d'Hommes , à la Mort , on a vu ſe ſouſtraire
Par le ſecours ſeul de la Peur ,
Ayant de nos pareils les Jambes & le Cœur !

VOULONS , pour imiter l'humaine extravagance ;
De ces Agoniſants , riches ambitieux ,
Qui , juſques au Tombeau , font voir leur arrogance ,
Qu'après la Mort , pour nous , on faſſe la dépenſe
D'un grand Convoi des plus faſtidieux.

NOUS ordonnons , quoiqu'il en coûte ,
Que , ſans chanter , & moins encor pſalmodier
Aucun Libera dans la route ,
On porte nos deux Corps chez un bon Pâtiſſier ,
Le plus expert en ſon Métier ;
Que pour ces Corps il faſſe une excellente croûte
En forme d'une antique voûte ,

Et que tous deux bien épicés,
Soient de bon lard, sur-tout, fortement engraissés :
Ne voulant qu'à bon titre avoir la sépulture
Dans le Corps de TRONCHIN, l'un de ces Médecins
Dont les rares secrets & les talents divins
     Immortalisent la Nature ;
     De même qu'un de nos Enfants,
     Qui, n'a gueres, fut sa pâture,
     Nous deviendrons la nourriture
De qui sait, à la Mort, enlever les Vivants.

     FAIT en plein Champ, & sur la Place
     Où grand nombre de nos Parents
     Ont laissé leur pauvre carcasse.
     Signé dans un trou de Lapin,
     En tremblant, ROBINE & ROBIN.

EPITAPHE

Mise sur le Tombeau érigé en vertu du précédent Testament Olographe.

CI-GISSENT deux Défunts assez appétissants,
     Plus aimables morts, que vivants,
Qui, du Docte TRONCHIN, implorent l'assistance.
     Vous, qui riez de leur Destin,
     N'ayez pas, comme eux, l'imprudence
D'aller, après la Mort, chercher le Médecin.

BOUQUET

A Monfieur le Comte de CAILUS.

Pour pouvoir, cher Cailus, bien célébrer ta Fête,
J'ai cru devoir voler dans le facré Valon :
Quand le cœur me conduit, jamais rien ne m'arrête,
Et c'eft pour moi, fouvent, un funefte aiguillon.
  Sur le fommet de ce Mont redoutable,
  Qui me parut toujours impraticable,
Je voulois accorder, du moins, mon Violon :
  Croyant par-là, du zéle qui m'anime,
   Te donner un échantillon.
Mais, grands Dieux ! quel Pays que celui de la Rime !
   En arrivant fur l'Hélicon,
(Où tous les beaux Efprits faifoient grand carillon,
Et célébroïent dejà, d'une voix unanime,
Tes fublimes Talents & ton glorieux Nom)
   On me traite de plat Bouffon,
   De Téméraire, de Brouillon,
Et mon zéle, pour toi, leur paroît même un crime
De Lèze-Majefté du févère *Apollon.*
Ce Dieu, jaloux auffi, je crois, de mon audace
  Et de mes légitimes tranfports,
   Sort, avec fa Cour, du Parnaffe,
   Me laiffe Maître de la Place,
Et femble, feulement, méprifer mes efforts.
   Me voyant feul avec Pégaze,

Que j'entendois hennir avec beaucoup d'emphase,
Je résolus de l'approcher,
Comptant qu'avec son assistance,
Malgré mon peu d'expérience,
Je ne pourrois jamais broncher.
L'abord n'en est pas difficile ;
Je le crus même assez docile.
Hélas ! que je me suis trompé !
Lorsque sur lui je fus grimpé,
Soudain, comme un éclair, il traversa les nues ;
Et, par des routes inconnues,
M'enleva si haut dans les Airs,
Qu'à mes yeux ce vaste Univers
Paroissoit n'être qu'un atôme,
Ou d'un Hameau, tout au plus, l'épitôme.
Arrête, m'écriai-je, indomptable Animal,
Le Langage des Dieux ne me fait plus d'envie,
Et j'y renonce pour la vie.
Se sentant conduire si mal,
Il anima sa galopade,
Mais toujours sur le mauvais pié ;
Tantôt faisoit mainte gambade,
Ou marchoit comme un estropié.
Enfin, dans sa rodomontade,
Parcourant, à la débridade,
Du Domaine des Dieux,
Le contour spacieux,
Ce Cheval furieux,
Quoique Divin, fit une pétarade,
Dont je fus, toutefois, pour lui, des plus honteux ;
Et, dans le même instant, détacha la ruade

Qui, malheureusement, nous sépara tous deux,
Des lieux où Jupiter allume son Tonnerre,
 Et semble déclarer la guerre
 A l'humaine Société,
 Comme un second Icare, en Terre,
 Je fus bientôt précipité,
Et je sortis du divin Apanage,
 Comme l'on sort de maint bon lieu,
 Où l'on a supprimé l'usage
De dire, en s'en allant, un ridicule adieu.
 Je suis tombé dans un Bocage,
Sur un lit de gazon, de fleurs & de feuillage,
Où Flore me reçut très-favorablement.
 Elle n'est pas aussi sauvage
 Que ces Dieux du premier étage,
 Et fait mieux qu'eux, assurément,
 Les honneurs de son Héritage.
Pour se prêter à mon empressement,
 Qu'elle honora de son suffrage,
 Sur le champ elle a fait fleurir
 Le Laurier que j'ose t'offrir.
 C'est, je l'avoue, un foible gage
 De mon zéle & de mon amour.
Mais ni Flore, ni moi, ne peuvent en ce jour,
Mon cher Patron, te rendre un plus parfait Hommage.

VERS ADRESSÉS

A MADEMOISELLE ***

En lui envoyant une paire de Jarretières, pour une
des siennes qu'on lui avoit prise.

Plus fier & plus content que le Roi des Anglais
Qui jadis, dit-on, prit au Bal, dans son Palais,
  Avec une allégresse entière,
  D'une Dame la Jarretière,
J'ai dérobé la vôtre & veux, pareillement,
  Qu'elle me serve d'ornement.
  En voici d'autres, belle Brune,
  Et je vous en rends deux pour une :
Un Voleur ne peut guère agir plus noblement.
  Si vous vouliez aussi me rendre
  Ce que vos yeux fripons m'ont pris,
  Ou l'équivalent ; à ce prix,
Je serois trop heureux de l'avoir laissé prendre.
Mais je ne compte point sur un si doux espoir ;
  Vous êtes plus belle que tendre,
Et votre Jarretière, à ce que je puis voir,
Ne pourra me servir, tout au plus, qu'à me pendre.

LE·MIROIR DE TOILETTE,

ENVOYÉ

*A MADEMOISELLE ****

Comme je suis dans la Toilette
Le plus utile des bijoux,
C'est sur moi seul que la Coquette
Fonde son espoir le plus doux.

Je suis l'Arbitre de sa Gloire,
Le Précepteur de ses appas ;
Et l'*Amour*, qui guide ses pas,
La suit de Victoire en Victoire.

Je dis toujours la Vérité ;
Et, souvent, je la dis fâcheuse ;
Déconcertant la Vanité
De la surannée orgueilleuse.

La Jeune en moi voit ses défauts,
Avec Art elle les corrige :
Et quoiqu'en Censeur je m'érige,
Je sers aux Laids ainsi qu'aux Beaux.

Des yeux j'enseigne le Langage,
Je donne le Ton au Souris,

Je décide du Coloris,
Dont le beau Sexe fait usage.

Mes Conseils à propos suivis,
Réparent, souvent, la disgrace
De bien des Dames à Paris,
Même de la premiere Classe.

Je dicte à l'Affectation,
Des mines, le grand Protocole,
Et la sage précaution
Vient tous les jours à mon Ecole.

L'Actrice me doit ses Aurels,
Et, communément, sa fortune;
Je fais de la Blonde une Brune:
Que j'aide à tromper de Mortels!

Le plus parfait des Petits-Maitres,
Et l'Abbé pétri de façons,
En Public n'oseroient paraître
S'ils n'avoient pris de mes Leçons.

Je suis nécessaire à la None,
Et le Dévôt, modestement,
Malgré le noir qui l'environne,
Me place en son Appartement.

Mais, las de ces emplois frivoles,
Je laisse à mes pareils le soin
D'avoir leur Glace pour témoin
Des erreurs des Fous & des Folles.

Je ne veux plus, que des Vertus
Etre ici le Miroir fidéle,
Et c'est à vous, Mademoiselle,
A qui mes services sont dus.

Sans cesser d'être aussi sincère,
J'exposerai mille beautés;
La Satyre la plus sévère
Verra ses efforts avortés.

Réfléchissons donc dans ma Glace,
D'une des *Muses* du Parnasse,
L'affabilité, la douceur,
Sur-tout, de l'Ame la grandeur.

Réfléchissons sa Politesse,
Sa Modestie enchanteresse,
Son Amour pour l'Humanité
Et ses actions de bonté.

Enfin, réfléchissons l'Image
De mille autres Trésors divers,
Qui méritent, de l'Univers,
L'Admiration & l'Hommage.

Que mon sort sera de jaloux !
Car ce Discours, quoique sauvage,
Prouve que j'aurai l'avantage
De ne plus réfléchir que vous.

EPITRE

A MADEMOISELLE ***

En lui envoyant un Ouvrage dédié au beau Sexe.

JE crois qu'en dédiant aux Belles cet Ouvrage,
C'est vous le dédier particuliérement.
  Qui mieux que vous, dans notre âge,
  Pourroit, légitimement,
  Mériter ce foible Hommage?
 Vous avez le double avantage
 De faire, du Sexe charmant,
  Et la Gloire & l'Ornement.
  Vous joignez à l'assemblage
Des Appas dont l'*Amour* est lui-même enchanté;
Les Vertus, l'enjoûment, le séduisant Langage,
L'Esprit, les beaux Talens & l'affabilité.
  Phœbus vous consacre sa Lyre,
  Vénus vous céde son Empire,
Son Fils vous a remis son Arc & tous ses Traits:
  Pouvoit-il, pour ses intérêts,
  Plus adroitement se conduire?
Tant qu'à ce Dieu vos yeux serviront de Carquois,
Sa Victoire sera, sans doute, toujours sûre.
  Ils ont sur tous les Cœurs des droits,
  Que le mien paye avec usure.

Cet Aveu, MADEMOISELLE, n'est pas fort glorieux pour vous ; mais il ne sauroit vous offenser. Les Divinités n'exigent elles pas l'*Amour* & l'*Hommage* de tous les Humains, même des plus vils Mortels ? Le Rang suprême, ni l'illustre Naissance, ne doivent donc pas intimider l'*Amour*, ni l'empêcher de se manifester : il est de tous Rangs & de tous Etats, &, souvent, il allie le Sceptre à la Houlete. S'il pouvoit s'intéresser pour moi, MADEMOISELLE, & vous parler en ma faveur, je serois sûr, du moins, d'avoir votre suffrage. Au reste, ce Dieu fait des Miracles ; il donne, quelquefois, de l'Esprit à qui n'en a point, & trouble, ordinairement, la Raison de ceux qui en ont le plus. Ainsi, j'espere que s'il ne peut pas me faire avoir de l'Esprit, il saura, peut-être, égarer le vôtre. Dans cette flatteuse espérance,

> Etalons ric-à-ric
> Tout notre savoir faire,
> Et moquons-nous du Tic
> Du Censeur mercenaire ;
> Ou, soi-disant, Syndic,
> De la Gent Littéraire ;
> Ce Scoliaste éphémère,
> Qui passe à l'Alambic
> Le *Virgile* & l'*Homère*,
> Et qui, dans son Trafic,
> Mordit, souvent, *Voltaire*.
> Mais comme un frêle Aspic
> Pourroit, dans sa colère,
> Mordre le fer d'un Pic,
> Soyez-moi débonnaire,

Déité

> Déité Tutélaire,
> C'est un bon pronostic
> Pour un Auteur vulgaire ;
> A tout je le préfere.
> Plus content qu'*Alaric*,
> Qu'*Auguste* dans *Dantzic* ;
> Si je savois vous plaire,
> Je dirois, sans mystère,
> En dépit du Public,
> Que j'ai trouvé le hic.

EPITRE

A MADEMOISELLE ***

En lui envoyant son Portrait.

NE refusez point une Image,
Qui, de vous ressembler, a, dit-on, l'avantage.
Le Peintre qui fit ce Tableau,
L'auroit fait, sans doute, plus beau,
S'il eût vu de plus près vos charmes!
A les considérer se seroit-il borné ?
Non, non, de vos beaux yeux, à qui tout rend les armes,
Son Ouvrage semble être orné ;
Les traits de l'*Amour* y paroissent,
Et frapent ceux qui vous connoissent.
Convenez donc que ce Portrait

C

Eſt le vôtre, ou , du moins , un trop ſuccint extrait ,
Et daignez l'accepter , ſans vous y reconnaître.
Il faut vous l'avouer , l'Amour eſt mon ſeul Maitre.
  Mais ſi , par hazard , quelque trait
De vos divins Apas , ſe trouve en cet Ouvrage ,
  Aimable Climene , je gage ,
  Que l'Ouvrage ſera parfait.

PORTRAIT DE CLIMENE.

CHANSON.

Sur l'Air : *Ton humeur eſt , Cathereine.*

TRAçons d'une chaſte Brune
Les Graces & les Apas ;
Tous les Biens de la Fortune
N'ont rien d'égal ici-bas :
C'eſt une beauté parfaite ,
Un vrai chef-d'œuvre des Cieux ;
Un cœur trouve ſa défaite
Dans ſon abord gracieux.

Son Tein de Lys & de Roſes ,
Eſt l'Image du Prinrems ,
Les plus belles Fleurs écloſes
N'enchantent pas tant les Sens.
Sa bouche , centre des Graces ,
Sourit avec agrément ;

L'Amour vole fur fes traces,
Et veut être fon Amant.

Sa démarche noble & fière
Enchaîne la liberté ;
Le Soleil, dans fa carrière,
A moins qu'elle de beauté :
Pour embellir fa Perfonne,
L'Amour épuifa fes traits ;
Pour porter une Couronne,
Son Front femble fait exprès.

Mais fi l'on voit tant de charmes
Annexés à cet Objet,
Si l'Amour lui rend les Armes,
En admirant fon Portrait,
Sa Modeftie eft extrême
Et fon Cœur victorieux :
Plus elle eft digne qu'on l'aime,
Moins elle en croit fes beaux yeux.

SOMMATION

Envoyée à la même Demoiselle, au sujet du refus
qu'elle a fait d'accepter son Portrait.

L'A N mil sept cent quarante-deux,
Où, d'un air très-majestueux,
Les Turcs firent leur Ambassade ;
Où de nos Guerriers, l'Estocade
Désespère & met aux abois
La grande Reine des Hongrois.
A la Requête d'un Poëte,
Dont la *Muse*, sage & discrete,
A fait le Portrait, en deux mots,
D'un Objet sans aucuns défauts,
Demeurant près de la Calote,
A l'Enseigne de la Marote,
Dans les Fossés de l'Hélicon,
Où l'on ne voit onc *Apollon*.
J'ai, JEAN-GALOPIN BONIFACE,
Huissier à Verge du *Parnasse*,
Qui, comme tous Porteurs d'Exploits,
Ne fut point meurtri par le Bois,
Demeurant au Fauxbourg du Pinde,
Où tout Rimailleur, qui s'y guinde,
Sait ennuyer ses Auditeurs
Et faire bâiller ses Lecteurs ;

J'ai, dis-je, Huissier très-débonnaire,
Sans requérir droit, ni salaire,
SOMMÉ respectueusement,
Une charmante Demoiselle,
Qu'on trouve ici par trop rébelle
Aux Hommages de tout Amant,
Qui demeure au Temple de *Gnide*,
Et qui sert à l'*Amour* de guide
Dans ses Triomphes les plus beaux ;
Parlant moi-même à sa Personne,
Dont je n'ai pu tirer deux mots,
Et que je ne crois pas fort bonne
Pour l'aimable Enfant de *Paphos*.
Je la prie & somme de prendre
Ce Portrait, où l'on voit ses traits
A ne pouvoir pas s'y méprendre,
Et qui fut fait pour elle exprès.
En outre, je cite la Belle
Au Tribunal de *Cupidon*,
Pour voir si ce Portrait fidéle
Sait la représenter, ou non.
Faute par elle de se rendre
Où je l'assigne en ce moment,
L'*Amour* la contraindra d'entendre ;
Ce qu'elle n'aime nullement,
Plus d'un Aveu sincère & tendre,
Son Eloge, & maint Compliment.

J'ai soussigné, laissé Copie
Du présent Exploit, en ses mains ;
Afin qu'elle n'ignore mie,

C iij

Que j'ai des Ordres souverains.
JEAN GALOPIN, dit BONIFACE;
Huissier à Verge du Parnasse.

De plus, cette Beauté saura,
Que Maître BENIGNE SANGSUE,
Qui jamais Cause n'a perdue,
Pour ma Partie occupera.

BOUQUET

A la même Demoiselle.

QUEL Spectacle nouveau vient s'offrir à nos yeux !
    Seroit-ce le séjour des Dieux ?
Quel éclat dans les Airs ! quels Chants se font entendre !
Le jour devient plus beau, l'on ne peut s'y méprendre,
    C'est *Apollon* qui descend en ces lieux,
    Pour célébrer la Fête de *Climène* :
      Et, pour mieux honorer ce jour,
    Il est suivi de sa brillante Cour,
    Que sur ses pas le même zéle entraine.
Mais l'*Amour*, qui, jamais, ne veut perdre ses droits,
    Vient lui disputer cette gloire :
» Comment donc, dit ce Dieu, je ne saurois le croire ;
» Chez *Climène*, *Apollon* veut seul donner des Loix !
» *Climène*, qui me voit voltiger sur ses traces ;
    » *Climène*, qui joint à ses Graces

» Mes plus redoutables attraits ,
» Elle , à qui j'ai remis & mon Arc & mes Traits,
» Pourroit-elle fouffrir , même à fon préjudice,
  » Une auffi criante injuftice ?
  » Non , *Climène* a trop de candeur ,
  » Elle eft jufte , reconnoiffante ,
  » Et l'*Amour* , que *Climène* enchante ,
» De cette Fête , aura , fans doute , tout l'honneur.
» Je vais feul, aujourd'hui, primer chez cette Belle ,
» J'ai lieu de m'en flatter . . . . . Je m'abufe , je croi;
  » Car il eft fûr que j'ai tout fait pour elle ,
  » Sans que jamais elle ait rien fait pour moi.
   Apollon , ému par les plaintes
   De ce Dieu chagrin & jaloux,
   Lui dit , pour diffiper fès craintes :
  » Charmant *Amour*, point de courroux,
» Je reconnois ta grandeur fouveraine ,
  » Tu triomphes de tous les Cœurs ,
» Et je fais rendre hommage à ces attraits vainqueurs ,
  » Que tient de toi l'adorable *Climène.*
  » Mais , pour cela , ne prétends point ,
» Sur moi , dans ce féjour , avoir la préférence.
  » Les faveurs qu'*Apollon* difpenfe ,
» Sur les autres faveurs l'emportent de tout point ,
  » Et j'ai comblé la Beauté qui t'enchaîne
  » De mes dons les plus précieux.
» Elle enchante , à la fois , & l'oreille & les yeux ,
  » A fa Voix tout céde fans peine ,
  » Son Goût eft délicat & fin ,
» C'eft un autre moi-même ayant la lyre en main.
» Il n'eft point de Talent qu'elle ne réuniffe ,

C iv

» Sans amour-propre & sans caprice:

» Mais finissons tous nos débats,

» Pour célébrer *Climène*, & ses Apas;

» Soyons en bonne intelligence,

» Et ne formons, chez elle, qu'une Cour;

» Que, tour-à-tour, l'un & l'autre l'encense;

» Il faut, pour la chanter, *Apollon* & l'*Amour*.

Soudain l'*Amour* s'unit au Dieu de l'Harmonie,

Toute dispute cesse entr'eux:

Les *Ris*, les *Graces* & les *Jeux*

Secondent, d'*Apollon*, le sublime Génie.

D'heureux Mortels, munis des fleurs,

Que, pour vous, ces Dieux font éclore,

Savent, en vous offrant leurs Cœurs,

Vous célébrer sans le secours de *Flore*.

Pour moi, qui n'eus jamais la faveur de ces Dieux,

De tant d'Adorateurs qui vous rendent hommage,

Ne pouvant avoir l'avantage

De partager le Destin glorieux,

Je me suis contenté, dans l'ardeur qui m'anime,

De ramasser les fleurs dont on n'a point voulu:

Dussent-ils tous m'en faire un crime,

Heureux si ce Bouquet ne vous a pas déplu.

SONGE,

A la même Demoiselle.

LE *Sommeil*, irrité de voir qu'à son Empire
  Il ne pouvoit assujettir mes Sens,
A menacé l'*Amour*, qui n'en a fait que rire ,
De répandre sur lui ses Pavots tout-puissans.
      L'*Amour*, craignant peu la colere
      De ce triste Dieu plein d'orgueil,
  A bien voulu, pourtant, le laisser faire,
  Et m'a permis, contre son ordinaire,
      Dernierement de fermer l'œil.
  Mais dans mon Cœur il a fait sentinelle :
Si mes Sens ont goûté les charmes du repos,
      Ce Cœur, toujours tendre & fidele,
  A su braver *Morphée* & ses Pavots.
L'*Amour* m'a transporté dans un charmant Bocage ,
      Où tout sembloit lui rendre Hommage :
  Le *Zéphir* amoureux y caressoit les *Fleurs*,
      Le *Rossignol* y chantoit ses ardeurs,
  Là vous dormiez sur un Lit de verdure
      Formé par l'Art & la Nature.
J'admirai vos Apas, Ciel ! j'en fus enchanté !
Mais l'*Amour*, à ce trait, ne bornoit pas sa gloire ,
      Ce Dieu, pour ma félicité,
Vouloit, sur votre cœur, remporter la victoire.
Un indiscret *Zéphir* découvrit à mes yeux

Des Tréfors inconnus qui charmerent ma vue,
     Et mon Ame éperdue,
En goûtant les effets de ces biens précieux,
M'en hardit à cueillir, fur vos lévres vermeilles,
Un baifer qui, d'*Amour*, m'annonçoit les plaifirs :
Cette audace ne fit qu'augmenter mes défirs,
Et m'exciter à voir de plus rares merveilles.
     Vous vous éveillâtes alors :
Mais loin de condamner mon Amour téméraire,
     Vous fecondâtes, au contraire,
     Ses plus audacieux tranfports.
Votre Cœur & le mien, tous deux d'intelligence,
     Travailloient à notre bonheur ;
     Rien ne borna votre reconnoiffance,
     Et l'*Amour* fut votre vainqueur.
     C'eft la vérité de la Fable.
Emu par cet exploit, pour moi, trop honorable,
     Je me réveille enfin :
Je ne pouvois dormir, avec le Cœur fi plein
     De ce plaifir inexprimable
Que caufe, en pareil cas, un amour véritable.
     Comment donc, dis-je en ce moment,
     Mon bonheur n'étoit qu'un beau fonge ?
Reviens, *Sommeil*, reviens, fais durer ce menfonge,
Pour foulager les maux d'un malheureux Amant.
     L'*Amour*, content d'avoir féduit mon Ame,
Me dit, en fouriant, j'ai pitié de ta flâme,
Vas, foit toujours fidèle à l'Objet de tes Vœux,
     Je toucherai la Beauté qui t'engage,
Ce que tu viens de voir n'eft qu'une foible Image
Des biens que je réferve à ton Cœur amoureux.

Mais l'*Amour*, d'un espoir frivole,
Flatte, souvent, un tendre Cœur :
Faites, charmante Iris, qu'il me tienne parole,
Que ce Dieu ne soit pas menteur.

EPITRE
DÉDICATOIRE,

A l'aimable MUSE Anonyme, qui inspira à mon APOLLON les Paroles & la Musique de la Cantate intitulée, LA FIERTÉ VAINCUE PAR L'AMOUR.

Quand je vous offre cet Ouvrage,
Je ne vous offre rien, qui ne vienne de vous :
Recevez donc ce légitime Hommage,
Le Dieu des Vers en parut-il jaloux.

Connoissant votre Modestie,
Je supprimerai votre Nom.
Faut-il que, malgré moi, je renonce à l'envie
D'apprendre, à tout Paris, quel est mon *Apollon ?*

Mais ma précaution, sans doute, seroit vaine,
Vos Ordres seroient superflus,
On vous reconnoîtroit sans peine,
Si j'avois le talent de peindre vos vertus.

REQUÊTE

A feue Madame PELISSIER, de l'Académie
Royale de Musique.

CHARMANTE PELISSIER, Syrène enchanteresse,
Dont les attraits & les accens flatteurs
Savent, à tous les Cœurs,
Inspirer la tendresse,
Du plus enthousiasmé de vos Admirateurs
Exaucez, s'il se peut, la très-humble Priere :
En peu de mots voici le fait.
Depuis près d'une année entiere
Je cherche par-tout votre Portrait :
Personne, en ma faveur, n'a voulu s'en défaire,
Ni Particulier, ni Marchand,
A tous vous avez trop su plaire,
Pour qu'on puisse l'avoir pour or, ni pour argent :
Daignez donc m'en faire présent :
J'espere l'obtenir de votre complaisance,
Ne trompez point mon espérance.
CE FAISANT, vous ne ferez rien,
Que mon Cœur ne mérite bien,
Et vous en conviendrez, je gage,
Si vous en jugez par l'Hommage
Qu'il rend à vos divins accens,
Comme à tous vos rares talens.

 Ce considéré, belle Dame,
Fidelle Amante de *Pyrame*, (1)
Mettez seulement, sans façon,
Au bas de ma Requête, bon.

 Ce Portrait, galamment encadré, fut envoyé au Sup-
pliant, qui mit au bas ces Vers :

 Épris de ce charmant Objet,
Je prends la Plume & crois tirer de mon Génie,
 Des Vers dignes de ce Portrait :
 Mais je reconnois ma folie,
 Et j'abandonne ce projet.

Pour ajouter des Vers au Portrait d'*Uranie*,
Il faut un *Apollon*, je rimerois trop mal ;
Qu'il prenne donc le soin de louer la Copie,
Pour moi j'aimerois mieux, c'est ma plus chere envie,
 Travailler sur l'Original.

 Pyrame & Thisbé, est un Opéra en cinq Actes, de Messieurs *Rebel
& Francœur*, dans lequel Madame *Pelissier* a fait l'admiration de
tout Paris, en y jouant le Rôle de *Thisbé*. Les brillans succès que cet
Opéra a eu, nous dispensent d'en faire ici l'Eloge.

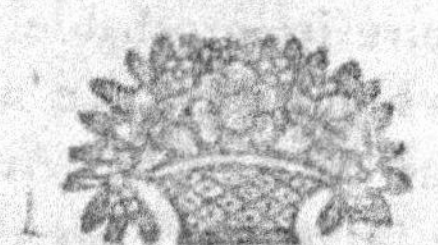

BREVET DE MARIONNETTE,

A MADEMOISELLE * * *

DE par le grand Polichinelle,
Maitre du petit Opéra,
Composé d'Acteurs sans cervelle,
Comme il fut toujours & sera,
Administrateur, très-fidéle,
Des Trésors de la *Bagatelle*,
Des *Godenots*, & cetera,
Dont souvent on rit & rira.
A notre Automate Séquelle
Qui, dans nos Comiques Concerts,
Fait valoir nos Chants & nos Vers
Par le moyen d'une ficelle :
SALUT ; & lui faisons savoir,
Qu'étant toujours en sentinelle,
Pour bien remplir notre devoir,
Il nous a plu de recevoir
Une belle & noble Demoiselle
Dans notre irréprochable Corps.
VOULONS que l'Actrice nouvelle,
Qui, par de séduisans Accords,
Comme la tendre *Philomelle*,
Nous cause d'amoureux transports,
Soit l'Ame de nos Chansonnettes,

Qu'elle jouisse, toute-fois,
Des Priviléges & des Droits
De nos cheres *Marionnettes* :
Bien entendu qu'à nos Statuts,
Qui ne peuvent souffrir d'abus,
Ni pour le fond, ni pour la forme,
En tout elle sera conforme.
Mandons, en outre, à nos *Féaux*,
Que nous tenons pour nos Egaux,
De lui rendre un parfait Hommage,
De l'admettre à tous nos plaisirs,
Comme un grand & beau Personnage
Qui, sans nul ressort ni cordage,
Saura combler tous nos Désirs.

Telle est la volonté suprême
De notre Adjoint le CARNAVAL,
FAIT, dans son Cabinet jovial,
Avec plaisir & sans Emblême.
Au mois où les Matous en rut,
Se rassemblent sur les goutieres,
L'AN qui vit les Stances ratieres
De l'*Almanach de Belzébuth.*
Signé, par Nous, POLICHINELLE :
Et sur le repli, TURLUPIN,
Des Secrétaires le Modele,
Ainsi que de tout *Fagotin.*

REQUÈTE

DU Sieur POLICHINELLE, à Messieurs de l'Académie de Soissons, au sujet de la Place qu'ils donnerent dans leur Académie, à un Comédien de Province.

SUPLIE, avec humilité,
POLICHINELLE si vanté
Dans les Préaux & dans la Foire;
Lieux où tout célèbre sa gloire,
Où ses Discours, non élégants,
Font rire ces honnêtes Gens,
Qui, du Lundi font un Dimanche,
Et dont, pour ses jeux, le Goût panche.
DISANT qu'un plat Comédien,
Homme, en tout, capable de rien,
Ayant (malgré son impuissance,
Son peu d'Esprit & de Science)
Été reçu dans ce grand Corps,
Qui, du Langage, a les Trésors,
Décide des belles pensées,
& juge les Têtes sensées
Au Tribunal du grand, du beau;
Et produit toujours du nouveau,
Il est juste qu'il ait sa place
Sur cet admirable Parnasse,

Attendu

Attendu que, comme Farceur,
Il peut prétendre au même honneur.
Offre pour ce, *Polichinelle*,
Qui veut, en tout, prouver son zéle
Au Corps Académicien,
Les bonnes Places dans le sien ;
Promet de le bien faire rire
Et de lui consacrer sa Lyre,
Du moins son Siflet, ses Sabots,
Sa Bosse & tous ses Godenots.
MESSEIGNEURS de l'Académie,
Plaçant, dans votre Compagnie,
L'un des Acteurs le plus malfait,
Vous ferez honneur à *Bienfait* : (1)
Polichinelle, trop vulgaire,
Saura, chez vous, toujours se taire,
Au lieu que ce vain Histrion,
A qu'il peut damer le Pion,
Qui fait Corps dans votre Assemblée,
Prétendra l'emporter d'emblée,
Se croyant plus docte que vous,
Voudra vous donner du dessous,
Et rempli de l'Esprit des autres,
Enverra vos Avis aux peautres ;
Décidera, même hardiment,
Comme l'Auteur le plus savant.
Loin d'imiter tel Personnage,
Qui, semblable à ce *Geai* peu sage,
Prit les plumes de plusieurs Paons

---

(1) Le Directeur alors des Marionnettes se nommoit *Bienfait*.

D

Pour se parer à leurs dépens,
Avec respect, *Polichinelle*,
Jaloux d'être votre Modèle,
A vos Loix soumettant son goût
Deviendra votre Singe en tout :
Et cela sans pourtant prétendre
Mériter, ni même oser prendre,
Le Nom d'Académicien,
Ni celui de Grammairien.
Il demande, pour toute grace,
De chez vous, la derniere place,
Content, comme votre Valet,
D'occuper celle du Balet :
Se reconnoissant Subalterne
Sur ce Mont-Helicon moderne,
N'osant se dire votre égal,
Ainsi que ce vain Théatral
Qui, sur une simple Sellette,
Le Chef nu, la Bouche muette,
Devant vous devroit être mis
Comme devant Juges commis,
Pour corriger son ignorance
Et réprimer son impudence.
Ce CONSIDÉRÉ, sans tarder,
Il vous plaise, enfin, d'accorder
Une place à *Polichinelle*,
Dans votre Assemblée immortelle,
Malgré son incapacité
Et sa rare difformité,
Ou de renvoyer son Confrere,
Qui n'a pas plus de savoir-faire.

※

EPITRE
AU SIEUR L'OISEAU,

*Au sujet de ce qu'il soutint qu'on ne pouvoit avoir
de l'esprit, ni parler bon Francois sans savoir le
Latin ; & que, pour faire sentir la beauté & l'éner-
gie de cette Langue à des Gens qui ne l'entendoient
pas, il cita plusieurs fois ce Vers de Virgile :*

Infandum Regina jubes renovare dolorem.

*I*NFANDUM *malesane jubes renovare dolorem.*
  En effet, quelle est ma douleur !
Tu sais parler Latin & tu ne saurois croire
Qu'on puisse, sans cela, paroître avec honneur :
Ce Talent seul, dis-tu, couvre un Homme de gloire,
Tu te trompes, mon cher, je ris en t'écoutant,
Comme autrefois *Horace*, en voyant un *Pédant*,
Qui s'usoit les poumons, à faire des Harangues,
  Ne vante pas tant ton savoir,
  Crois-moi, ce ne sont point les Langues
Qui font l'esprit que tu penses avoir.
L'esprit aimable & qu'orne le savoir,
  Dit un judicieux *Scoliaste*,
N'est nullement l'esprit de *Métaphraste*,

D ij

Que tu voudrois aujourd'hui seconder ;
Ce Cuiftre que *Moliere* a fu fi bien fronder.
Tu n'es pas, toutefois, un fort bon Latinifte ;
A ce que dit un fecond *Vaugelas* ;
Ne nous cite donc plus la Lifte ,
Des Auteurs que tu n'entends pas.
J'ignore le Latin , cependant j'en fais cas :
Mais dans ta bouche, ce Langage
N'eft qu'un pompeux galimathias ,
Qui , de ton ignorance , Ami , rend témoignage.
Oui , s'il faut qu'à ce prix on cite du Latin ,
Et que , comme toi , l'on ennuie ,
Duffai-je être à tes yeux auffi fot que *Cotin* ,
Je n'en citerai de ma vie.
Ne foutiens donc plus , déformais ,
Qu'un Homme , fans le Latin , ne peut du beau Français
Avoir parfaitement l'ufage ,
Ni beaucoup d'efprit en partage.
Le Latin eft utile à favoir , *diftingo* ,
Quand on en fait ufage à propos , *concedo* ;
Mais , quand pour en citer on étourdit , *nego* ;
Bourfault , qui l'ignoroit , n'étoit pas bête , *ergo* ,
La chofe étant ainfi , *dico* ,
Que l'argumeut du fieur *l'Oifeau*
Eft tout des plus *in baroco*.

BOUQUET

A MADEMOISELLE ***.

Pour le jour de Sainte Marguerite.

ENTRE mille Fleurs d'élite,
Du Parterre de *Cypris*,
Il est une MARGUERITE,
A qui tout céde le prix.
Sa couleur brillante & pure,
Ouvrage de la Nature,
Est l'annonce du Printems,
Et ne craindra, ni l'injure,
Ni l'inconstance des Ans.
Auprès, d'une Fleur si belle,
Que de Fleurs séchent d'ennui !
Narcisse n'aimoit que lui,
Narcisse n'admire qu'elle.
En la voyant au grand jour,
La Rose rougit d'envie
Et le Lys pâlit d'amour.
Mais, notre Fleur, à son tour,
Leur pardonne, ou les oublie.
Ainsi, la Vertu conduit
La Beauté, dont le mérite
Triomphe avec peu de bruit ;

Des Rivales qu'elle excite
Et des Amants qu'elle fuit.
Beauté, que ma main timide
Voile ici sous les couleurs
Qu'employoit jadis *Ovide*.
Car, tous les Fabulateurs
Nous aprennent que les Fleurs
Ont été des Héroïnes.
Leur Vertu fit leurs épines,
Leurs apas, l'attrait des cœurs.

LE LEVREAU,

*Envoyé pour Bouquet à Mademoiselle * * * le jour de
Sainte Thérèse.*

A Nous, pauvres LEVREAUX, la mort fait grande horreur,
Le plus hardi de nous n'est pas, dit-on, fort brave :
　　　Cependant, de cette terreur
　　　Je n'eus jamais été l'Esclave,
　　　Si, du Village, le Devin
　　M'avoit apris mon glorieux Destin :
Loin de fuir le trépas, au trépas, sans le craindre,
　　　Le *Chasseur* m'auroit vu courir,
　　　Et, courageusement, mourir
　　　Sans murmurer & sans me plaindre ;
En expirant pour vous, n'est-on pas satisfait ?
　　　Trop heureux, aimable THÉRÈSE,

Si votre goût, juste & parfait,
Pouvoit en moi, tout à son aise,
Trouver un excellent fumet.
En ce beau jour, le Dieu des Vers s'apprête
A célébrer lui-même votre Fête :
Il sera, dans une Ode, ou bien dans un Sonnet,
De vos appas l'admirable Portrait :
Pour moi, qui ne suis qu'une bête,
Je ne puis vous offrir que mon corps pour Bouquet.
Mais, malgré la grimace affreuse,
Qu'après sa mort un Lievre fait,
Je prétends l'emporter sur la Rose & l'Œillet,
La Grenade & la Tubéreuse :
Peu m'importe que *Flore* y consente à regret :
Content de cuire à votre Broche
J'y tournerai si prudemment,
Qu'à mon joyeux enterrement
Vous ne pourrez me faire aucun reproche.
J'aurai pour vous du goût, du sentiment,
Je serai délicat & tendre,
Et vous ne pourrez vous défendre
De me louer incessamment.
Enfin, je saurai si bien faire,
Qu'en excitant votre appétit,
Je trouverai, sans contredit,
Le moyen de pouvoir vous plaire.
Celui qui me présente à vous,
Jaloux d'avoir cet avantage,
Voleroit au trépas, je gage,
S'il savoit, en mourant, jouir d'un sort si doux.

A MADEMOISELLE ***

*De l'Académie Royale de Musique , en lui envoyant
de l'Onguent pour les cors des Pieds.*

ACCEPTE cet Onguent , modèle des *Charites* ,
　　　Pour les Cors il est souverain.
　　　Ah ! s'il te guérissoit soudain ,
Ma satisfaction n'auroit point de limites.
Mais , si de tous les feux , dont brillent tes beaux yeux ,
Ton Cœur étoit brûlé , j'aimerois encor mieux
　　　Te donner , je te le jure ,
　　　De l'Onguent pour la brûlure.

VERS

*Mis au bas du Portrait de Mademoiselle * * * , de
l'Académie Royale de Musique.*

GARDEZ-VOUS , tendres Cœurs , d'admirer ce Portrait,
De la Mere d'*Amour*, c'est la vivante Image :
Si vous en regardez fixement un seul trait ,
Votre Cœur , pour toujours , sera dans l'esclavage.
Gardez-vous, tendres Cœurs , d'admirer ce Portrait.

Depuis que je l'ai vu , ce redoutable Ouvrage ,

J'ai perdu le repos, si doux & si parfait,
D'une Ame indifférente, agréable partage.
Gardez-vous, tendres Cœurs, d'admirer ce Portrait.

Tirez de mon malheur, au moins, quelqu'avantage ;
Fuyez, sans plus tarder, ce dangereux objet ;
Je ne puis vous donner conseil qui soit plus sage :
Gardez-vous, tendres Cœurs, d'admirer ce Portrait.

ÉPITRE

A feu Monsieur le Président DUPUIS.

UN Commissaire, avec scandale & bruit,
    En faisant sa ronde de nuit,
    Insulta sage Demoiselle,
    Qui moins patiente que belle,
Lui donna sur la joue un assez bon soufflet,
    Et sans plus respecter sa nuque,
En même-temps, arracha sa Perruque.
    Notre Enquêteur au Châtelet
Fit, sur le champ, verbale Procédure,
Et conclut qu'il falloit, pour venger cette injure,
    Bannir la Belle de Paris,
    Ou qu'elle fût, d'un air soumis
    Et contrit, dans sa Chambre basse,
    Lui demander pardon & grace
    En présence de son Commis.

Pour moi je crois, que c'est une injustice ;
Car, enfin, il est l'agresseur,
Et de la Vertu même a compromis l'honneur.
D'ailleurs un Commissaire, en ce cas, moins novice,
Auroit su se venger avec plus de douceur
Et n'eût pris ce soufflet que pour une faveur.
O toi, DUPUIS, que l'injustice irrite,
Près de qui la raison, sans cesse, sollicite,
Daigne traverser le Projet
De cet orgueilleux hypocrite
Et vindicatif, en effet.
Ne souffre point qu'un sage & bel Objet,
Fléchisse le genou devant un pareil Juge,
Chez qui jamais l'intégrité
Ne put trouver aucun réfuge.
Ne souffre point que son autorité,
Qui ne s'étend, selon toute équité,
Que sur les Supôts de *Mercure*
Et sur mainte *Laïs* obscure,
Dont Paris se trouve infecté,
Fasse à ses pieds tomber la vérité,
Pour favoriser l'imposture.
En protégeant cette Beauté,
Qui, malgré sa vivacité,
Des plus honnêtes Gens, fait mériter l'estime,
Tu protégeras la bonté,
La Sagesse, la Probité,
Et tu ne feras rien, que de bien légitime.

CHANSON.

VOLEZ, volez, jeunes Guerriers,
Volez au Temple de la Gloire ;
Allez moissonner les Lauriers,
Que vous prépare la Victoire.

A tous ces immortels honneurs
Je ne porterai point d'envie ;
Loin de Mars, & de ses fureurs,
Je vais moissonner les faveurs
De mon adorable *Silvie*.

AUTRE.

DU Dieu d'*Amour*, chantons les charmes,
Il triomphe de tous les Cœurs :
Cédons à l'effort de ses Armes,
Il soumet les plus fiers Vainqueurs.

Célébrons sa douce Victoire,
A cet aimable Enfant consacrons nos loisirs :
Aimons, & qu'à jamais sa Gloire
Soit l'Ouvrage de nos Plaisirs.

ÉPIGRAMME.

DE la Vertu, *Cloris* enfin, devient jalouse,
Hélas ! qui jamais le croiroit ?
De quinze Amants que cette Belle avoit,
Elle vient d'en réformer douze :
Mais douze des moins opulents.
De Chasteté, n'est-ce pas un Modèle ?
Oui, n'avoir, tout au plus, que deux ou trois Galants,
C'est être bien sage pour elle.

AUTRE.

IL faut, je crois, FRERON, à ton Ecole aller
Pour aprendre des Dieux le sublime Langage,
Et pour doctement le parler.
Sans tes leçons, *Voltaire* eût-il des Vers l'usage ?
Non, il te doit sa Gloire & son riche Héritage.
D'*Apollon* tu préscris, au Parnasse, la Loi,
Et mets les beaux Esprits, souvent, en désarroi.
C'est pourquoi je voudrois que ce petit Ouvrage
Passât pour être, selon toi,
D'un autre rimeur que de moi;

Mon amour-propre y trouve un très-grand avantage.
Mais il ne seroit pas , pourtant , fort satisfait ,
   Si l'on me donnoit en partage
Les Vers que , toutefois , tu pourrois avoir fait.

ÉPITAPHE

*De la Chatte de Mademoiselle * * **

CI-GIT une Chatte jolie :
Mais, Passants, ne la plaignez pas ,
Son sort est bien digne d'envie.
Elle coucha jusqu'au trépas
Avec l'adorable Silvie
Et rendit l'Ame entre ses bras.

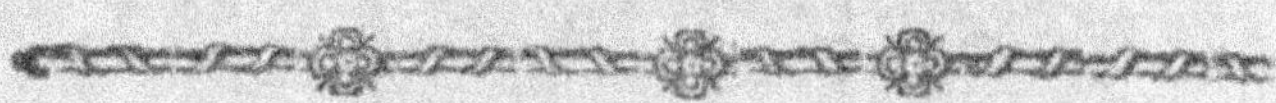

AUTRE.

CI-GIT un tendre Amant malheureux & jaloux ,
Qui d'amour décéda pour la Chanteuse * *
   Hélas ! Dieu veuille avoir son ame ,
   On ne doit pas plaindre son sort ;
Car , si cette Chanteuse eût partagé sa flâme ,
D'un mal bien plus honteux , il seroit toujours mort.

BILLET
D'ENTERREMENT.

Vous êtes priez instamment
D'assister à l'Enterrement
De Messire ROBIN , Bourgeois de la Garenne
Adhérante au Parc de Vincenne,
Qui se fera cejourd'hui sur le soir ,
Sans aucune Cérémonie ,
Dans mon satyrique Manoir ,
En belle & bonne Compagnie.
Cet agréable Trépassé ,
Exempt d'aller en Purgatoire ,
N'a pas besoin, il le faut croire,
De *Requiescat in pace.*

CHANSON,

Sur l'Air : *Or écoutez, Petits & Grands, &c.*

PLAIGNEZ, Messieurs les beaux Esprits,
Les Entrepreneurs entrepris.
Ce Musicien si fertile
Et son Associé *Jean-Gille*,
Ont perdu leur fameux Procès,
Avec dépens, même intérêts.

Publiez pathétiquement
Ce malheureux événement.
Malgré le crédit, la chicane,
Le Docteur en Musique & l'Ane,
Sont, par Thémis, bâtés tous deux :
Pour ce Docteur, quel coup honteux !

Au reste, ce coup si fatal,
N'est qu'un vrai tour de Carnaval.
On entend aussi dans les rues
Crier après ces pauvres Grues,
Comme après le sot Chianlit,
A la Chiaulit, à la Chiaulit (1).

----

(1) Ce Procès fut jugé, le 24 Février 1759, veille du Dimanche gras, par Monsieur le Lieut.... t Civil.

» Vils Perturbateurs, taifez-vous;
» Leur dit le Baudet en courroux;
» Votre méprifable cohorte
» Ne doit pas traiter de la forte,
» Un Muficien comme moi,
» Qui brille dans plus d'un Emploi.

   » Des Belles je fuis, foi-difant,
» Le plus parfait Maitre de Chant.
» Par mon entremife auprès d'elles,
» L'Amour féduit les plus cruelles,
» Et me doit la Gloire fouvent
» D'être de leurs Cœurs triomphant.

   » Je fuis cet Homme fingulier
» Qui dit, au concert, fans crier,
» Entrez chez nous, prenez vos places,
» De nos Mufes fuivez les traces,
» Venez entendre *Pougnani*
» Et rendre Hommage à *Tartini*.

   » Sachez, de plus, que j'ai l'honneur
» D'être l'Adjoint de ce Jongleur,
» Qui dans Bordeaux eut l'avantage
» De faire fon apprentiffage,
» Dans la Troupe des Fierabras:
» Qu'on admire autour du Bœuf-gras.

  A ce difcours, les poliffons
Changent de ton & de façons.
Ils difparoiffent, c'eft tout dire,

               L'imbécile

L'imbécile Adjoint se retire,
Et , soudain, va chez ses Amis
Faire le Procès à *Thémis.*

Il les trouve tous assemblés ,
De chagrin, de honte accablés.
Mais , dans cette triste occurrence ,
Voulant leur prouver sa constance ,
Notre petit Musicien ,
Leur parle en grand Stoïcien.

" Quoi , « dit l'un , " faut-il reculer ?
" Non , ma foi , j'en veux appeller.
« L'Ane , à l'instant , se mit à braire ,
« Et lui dit : " ah ! qu'allez-vous faire?
" Ne soyez si mal avisé ,
" On a de nous assez causé.

" Je jure , « dit leur Avocat ,
" Par la vertu de mon Rabat ,
" De gagner ailleurs votre Cause ,
" Vous avez de Moyens la dôse.
" Appellez-en au Parlement ,
" Je prends sur moi l'événement.

" Je sais , par mon Art enchanteur ,
" Justifier le malfaicteur.
" J'armerai , pour votre défense ,
" Mon asiatique Eloquence.
" Je veux que le Dieu des Motets
" Passe pour un Diable en Procès.

E

Cependant , tout confidéré ,
Leur Confeil a délibéré ,
Qu'ils avaleroient la Pilule
Et le fubtile ex-Funambule (1)
N'a , dit-on , aucun repenti
D'avoir pris ce fage parti.

Auffi, voulut-il s'accorder
Après les frais faits pour plaider.
Averti par un Royal traître
Que cette Hiftoire alloit paroître ;
Il offrit alors de payer,
Par charité , fon Créancier.

On rejetta , de l'Amphion ,
L'humaine propofition :
Et par un effet remarquable ,
De cette offre , fi charitable ,
Son Adverfaire s'irrita ,
Et vivement le balota ,

Enfin , il fallut effuyer
La honte de ce Plaidoyer :
Et le Meneftrier notable ,
Charitablement équitable ,
Jura d'être , dorénavant ,
Plus jufte & moins compâtiffant.

Thémis berna fa charité
Et reconnut la vérité.

─────────────────────────

(1) Danfeur de Corde.

Avoit-elle donc la berlue ?
A-t-elle fait une bévue ?
C'eſt ce qu'on ne croira jamais,
Quoi qu'en diſe *Gille le niais.*

    La Vertu, le Rang, les Talents,
Du Ciel ſont des Dons différents.
Le plus honnête-homme peut faire
Des Vers fort éloignés de plaire,
Et, des Poëtes, le meilleur
Peut-être un Athée, un Voleur.

    Entre l'Ignorant, le Savant,
Le Riche, le Pauvre & le Grand,
Thémis tient la Balance égale,
Et pèſe, malgré la cabale,
Sans faire aucune acception
Des gens en conteſtation.

    Vous qui, de ces deux Chicaneurs
Approuvez toutes les erreurs,
Envain vous blâmez la *Juſtice*
De ne pas leur être propice :
Contre ſes Arrêts, vos diſcours
Vous deshonoreront toujours.

BREVET

DE LA CALOTE,

*Accordé en faveur de tous les bons & zélés Francs-
Maçons.*

Extrait des Regiſtres de la Calote.

DE par le Dieu de la Satyre,
Maître du Calotin Empire,
A nos Féaux & bien amés
Les Gens par nos Rats animés,
Poëtes, Acteurs, Symphoniſtes,
Maîtres de Balets, Organiſtes,
Aſtrologues, Opérateurs,
Amoureux, Damoiſeaux, Joueurs,
Médecins, Pédants, Machiniſtes,
Courtiſants, Badauts, Nouvelliſtes,
Plaideurs, Greffiers, Praticiens,
Philoſophes, Grammairiens,
Graveurs, Gazetiers, Journaliſtes,
Romanciers, Enciclopédiſtes,
Banquiers, Académiciens,
Cabaleurs, Chiromanciens,
Peintres, Architectes, Chymiſtes,
Maîtres d'Armes & Duéliſtes;

Bref , à tous les Cerveaux timbrés ,
Qui sont chez nous en regiftrés :
Salut , d'Amour & de lieffe.
Ayant appris , que l'Allégreffe
S'afoibliffoit de jour en jour
Dans notre turlupine Cour ,
Qui menace de décadence ,
Et cela par le long filence
De tous nos Ecrivains quinteux ,
Par l'oubli des Brevets heureux ,
Nous voulons joindre à notre Empire
Nouveaux Sujets , dont le délire
Ne peut qu'illuftrer notre Corps ,
Et mieux animer fes refforts :
Nous aggrégeons la Gent Maçonne ,
Sans faire injuftice à perfonne ,
Dans ce Brevet ne comprenant
Que ceux , dont l'amour trop ardent
Pour la franche Maçonnerie
Eft pouffé jufqu'à la folie ,
Et qui , pénétrés de regret ,
De voir au Diable leur fecret ,
Ne fachant pas à qui s'en prendre ,
Sont tous les jours prêts à fe pendre ;
Que ceux , pour tout dire en un mot ,
Qui méritent , dans leur Tripot ,
Qu'on les célébre & les revere
En qualité de très-bon Frere ,
Fût-ce un Barbier de l'Opéra ,
Un Proxénéte & cetera.
Voulons que leurs plaifants Myfteres

Soient tracés, en gros caractères,
An Greffe de nos Contrôleurs,
Par un de leurs *Freres Tuilleurs* ; (1)
Que dans la Chambre d'Assemblée
Pende *la Houpe dentelée*,
Autour du Juge jovial
Qui tient pour nous le Tribunal :
Que dans cette chambre élégante,
Brille l'*Etoile flamboyante*,
Entre les deux Piliers qu'*Hiram*
Fit par l'Ordre d'*Adoniram* :
Qu'au-dessus de ce nouvel Astre,
Dont ne parla point *Zoroastre*,
Cet Astrologue sans pareil,
Soient & *la Lune* & *le Soleil* :
Qu'on joigne, à ce Dessein comique,
Le galant *Pavé Mosaïque*,
Les sept Mystérieux *dégrés*
Par les Maçons idolâtrés,
Sans oublier *les trois croisées*,
En *Loge* aussi solemnisées,
Et que pami ce merveilleux,
Si digne de nos Cerveaux creux,
On voye *Aplombs*, *Compas*, *Equierres*,
Niveaux, *Marteaux*, *Planches* & *Pierres*.
Ordonnons à notre Greffier
D'écrire sur notre Papier,
Et le Papier de la Canaille,
C'est-à-dire, sur la Muraille ;
Tous ces mots, *Jeovah*, *Jakhin*,
Booz, *Makbenak*, & *Tubalquain*. (2)

D'Adoniram, la grave Histoire
Se verra dans la Chambre noire,
Avec *l'Escalier en vis fait* ,
Qu'on monte par trois , *cinq & sept*. (3)
Dans un lieu sombre , aussi doit être
La lugubre *Loge de Maître* : (4)
Nos mélancoliques Sujets
En seront tous fort satisfaits.
Un Cercueil entouré de larmes,
Sans doute , aura pour eux des charmes,
Et la Mort , qu'ils verront au bas ,
Entre l'Equierre & le Compas ,
Changera , soudain , leur tristesse
En une parfaite allégresse.
Là, maints Docteurs en Tabliers , (5)
Ainsi , que de vils Ouvriers ,
Au col une Equierre pendue ,
Le Cordon bleu qu'on prostitue ,
Tout leur paroîtra merveilleux ,
Réjouissant , miraculeux ,
Et même ils trouveront risible
Le sérieux *Frere Terrible.* (6)
    Pour rendre encor plus glorieux
Les Maçons superstitieux ;
Faisons , par grace & courtoisie ,
Sans exciter de jalousie ,
Ce bon Banquier , leur Général , (7)
De nos Logis , grand Maréchal ,
Ce Professeur en Médecine , (8)
Qui d'Esope a toute la mine ,
De notre Troupe l'Inspecteur ,

Et F R É R O N le Grand Orateur. (5)
Enfin , pour montrer notre zèle
Aux Chevaliers de la Truelle ,
Voulons que tout bon Franc-Maçon
Soit reçu chez nous sans façon ;
Qu'il ait rang dans nos Assemblées ,
Comme nos cervelles fêlées ,
Qu'entr'eux & nous tout soit commun
Et que les deux ne fassent qu'un ;
Que les Maçons portant Calote ,
La portent double & la Marote ;
Que sur les sacrés Tabliers
Des vénérables Officiers ,
Soient appliqués Rats & Sonnetes
Et toutes sortes de sornetes.

    Vu l'honneur que nous recevons ,
En nous unissant aux Maçons ,
Ayant plus d'un bon témoignage
Que les Rats , illustre Apanage ,
De nos Fous immatriculés ,
Sont dans leurs Chefs tous assemblés ,
Nous leurs accordons nos sufrages.
Donnons à chacun d'eux , pour gages ,
La somme de trois mille francs ,
A prendre une fois tous les Ans
Sur les débris du fameux Temple
D'un Roi , qui jeune fut exemple ,
Et de sagesse & de grandeur ,
Mais qui des humains , Précepteur ,
Las du triste métier de sage ,
Sur ses vieux jours nous fit hommage.

Donnons de plus, (car en Ami
Il ne faut rien faire à demi)
A ces nouveaux Penſionnaires,
Du bon ſens nobles adverſaires ,
L'Uſtenſile & le Logement ,
L'un & l'autre commodément ,
Dans le Château de la Folie ,
Où pluſieurs ont fini leur vie,
Comme de dignes Francs-Maçons ;
En chantant, de leur Confrairie ,
Les incomparables Chanſons.

Fait dans notre Chambre Ratiere ,
Après avoir vû la lumiere ,
Grace à fines précautions ,
D'une façon particuliere.

L'an des Illuminations ,
Où de beaux Vers on fit Litiere ,
Apollon ayant prit l'eſſor.
Signé Momus ; & plus bas, Baur.

NOTES

Pour l'intelligence des mots, faisants partie des secrets de la Maçonnerie, employés dans le Brevet précédent.

(1) *LE Frere Tuilleur*, est celui qui trace, ou étend sur le Plancher, le Dessein proprement dit la *Loge*. Comme ce qui suit dans ce Brevet, n'est autre chose qu'un détail succint que *Momus* fait de la *Loge* d'Aprentif-Compagnon & de celle de Maître, & que ces deux différents Tableaux ont une parfaite analogie avec tous les Mystères de la Maçonnerie, nous croyons devoir donner ici une description exacte de ces deux *Loges*. Elles forment, chacune en particulier, un quarré long de sept pieds, sur cinq de large, où sont marqués, sur l'une & sur l'autre, les quatre points Cardinaux. Voilà tout ce qu'elles ont de commun en semble.

La *Loge* d'Aprentif-Compagnon, qui sert à la Réception de ces deux premiers Grades, représente le Soleil & la Lune, les deux Piliers nommés, *Jakhin & Booz*, qui étoient à la Porte du Temple de *Salomon*, les sept Marches qu'il falloit monter, selon la Doctrine des Francs-Maçons, pour arriver à ce Temple, trois fenêtres, l'une à l'Orient, l'autre au

Midi, & la troisiéme à l'Occident, avec ce qu'ils appellent dans leur Catéchisme *les trois Ornemens & les six Bijoux* de la *Loge*. Ces trois Ornemens sont composés de *la Houpe dentelée*, espéce de cordon de veuve, qui entoure le haut du Dessein, de l'*Etoile flamboyante*, au milieu de laquelle est la lettre G, & du *pavé mosaïque*. Une Equierre, un Niveau, une Ligne d'à-plomb, une Planche à tracer, une Pierre brute & une Pierre cubique à pointe, forment *les six Bijoux*. Ils observent que les trois premiers de ces *six Bijoux* sont mobiles, & les trois derniers immobiles. Au-dessus de la fenêtre d'Orient on lit ces mots, qu'ils prennent pour leur Devise, *Fidelitas moribus unita*. Au-dessous, où ils suposent y avoir un troisiéme Pilier, *beauté*: sur l'une des deux Colomnes réelles, *Force*, & un grand J, qui veut dire *Jakhin*; & sur l'autre, *Sagesse* & un grand B, qui veut dire *Booz*. Le fond de ce mystérieux Tableau est décoré d'un morceau d'Architecture qu'ils prennent & donnent pour une des Portes du Temple de *Salomon*. Sur le frontispice de ce Portail on voit, d'un côté, la *Vérité* ayant un Miroir à la main, & de l'autre, *Harpocrate*, Philosophe Grec, reconnu chez les Egyptiens pour le Dieu du Silence & des Mystères. C'est pourquoi on le représente, ordinairement, avec l'index de la main droite sur sa bouche, comme pour recommander le silence, &

tenant de la gauche une Corne d'abondance pleine de fruits.

Les quatres points Cardinaux, marqués fur ce Deffein, prefcrivent les différents endroits où il faut mettre les trois grands Cierges dont il leur eft ordonné de l'éclairer, & décident , également , des places que doivent occuper les principaux Officiers de la *Loge*. On met un de ces Cierges à l'Orient, l'autre au Midi & le troifiéme à l'Occident. Le *Vénérable* fe place à l'Orient , & a devant lui une Table couverte d'un grand Tapis orné des attributs de la Maçonnerie. Sur cette Table, il y a un Compas & le Livre de l'Evangile felon Saint-Jean. Au bas eft un petit Tabouret fur lequel on voit la forme d'une Equierre. L'Orateur fe tient à côté du *Vénerable* & vis-àvis d'eux, à l'Occident, font les deux *Surveillants* à chaque coins du Deffein. Le *Vénérable* Maître eft le feul de l'Affemblée, qui foit affis & qui ait le Chapeau fur la tête.

(2) *Jehovah*, qui fignifie Dieu en Hébreux , eft l'ancien mot de Maître , qu'ils changerent lorfqu'*Adoniram* fut affaffiné. *Jakhin* , eft le mot d'Aprentif , *Booz* eft celui de Compagnon, *Makbenak* eft le nouveau mot de Maître , & *Tubalquain* eft le mot de paffe des Aprentifs. Ce mot , à ce qu'ils prétendent , étoit le nom du fils de *Lamech* , le premier qui travailla les Métaux.

(3) Escalier dérobé , même aux yeux des Francs-Maçons. Il n'existe que dans leur imagination & dans le Catéchisme des Maîtres. Ainsi , on ne sauroit en donner une plus juste explication que celle que voici tirée de ce Catéchisme.

D. *Avez vous reçu des gages ?*

R. *Oui , très-respectable.*

D. *Où les avez-vous reçus ?*

R. *Dans la Chambre du milieu.*

D. *Par où y êtes-vous parvenu ?*

R. *Par un Escalier fait en forme de vis , qui se monte par trois, cinq & sept.*

D. *Pourquoi ?*

R. *C'est que trois Maçons gouvernent une Loge , cinq la forment & sept la rendent juste & parfaite.*

Voilà en quoi consiste l'Escalier fait en forme de vis , *qui se monte par trois , cinq & sept.*

(4) La *Loge* de Maître représente un Cercueil entouré de larmes, sur lequel est dessinée la mystérieuse branche d'Acacia, en mémoire de celle que les Assassins d'*Adoniram* mirent sur sa Fosse après l'avoir enterré. Au-dessus, dans un Triangle , est écrit , en caractères Hébraïques, JEHOVAH , l'ancien mot de Maître. Le nouveau est seulement désigné en abrégé par une grande M & un grand B , tracés à chaque côté du Cercueil. Le tout surmonté d'une tête de

Mort , de deux os en fautoir & d'une Equierre. A
l'autre bout , on voit un Compas a demi ouvert.
De-là vient que quand on demande à un Maître ,
comment avez-vous paſſé à la Maîtriſe , il répond ,
de l'Equierre au Compas ; parce qu'en effet , à ſa Réception , il part de l'Equierre Occidentale pour arriver au Compas Oriental , où l'attend le très-Reſpec-
table pour le recevoir.

(5) Tous les Francs-Maçons , en *Loge* , portent
des Gants & un Tablier de Peau blanche , avec cette
différence , que ceux qui ne ſont qu'Aprentifs-Com-
pagnons , ont la bavette de leurs Tabliers relevée , &
que les Maîtres la laiſſent retomber ſur le Tablier.
Mais indépendamment de cet uniforme indiſpenſa-
ble , tous les principaux Officiers de la *Loge* ſe diſtin-
guent du reſte de l'Aſſemblée , par des marques
d'honneurs dont ils prennent la liberté de ſe décorer.
Le *V. Maître* & les deux *Surveillants* portent un cordon bleu en Colletin , à l'exemple des Prélats , ou
Grands Officiers de l'Ordre du Saint Eſprit. Au bas
du cordon du *Vénérable* , pend une Equierre d'or , au
bas du Cordon du premier *Surveillant* , pend un Niveau de même métail , & au bas de celui du ſecond ,
pend une Ligne d'à-plomb , autrement dit perpendi-
culaire. Ces deux derniers ont chacun , analogique-
ment au Cordon bleu , un petit Maillet paſſé dans
la Ceinture de leur Tablier. *L'Orateur* porte une

Médaille d'or attachée, avec un petit Ruban bleu, à la troisiéme ou quatriéme boutonniere, le *Sécrétaire* deux petites Plume d'or en sautoir, & le *Trésorier* une petite Clef de même métail, attachées comme la Médaille de l'*Orateur*. Il est des *Loges*, où l'on prodigue encore plus le Cordon bleu & où ces trois derniers Officiers en ont aussi chacun un grand. Or, en ce cas, ils portent les différents attributs de leurs charges, au bas de leurs grands Cordons, à l'imitation du *Vénérable* & des deux *Surveillants*.

(6) Ils nomment *Frere Terrible*, celui qui fait gravement sentinelle, l'Epée nue à la main, à la porte en dedans de la *Loge*.

(7) M. *Baur*, Banquier & grand Maître de la Maçonnerie Françoise. C'est de ce *Vénérable* grand Maître que tous les Maîtres particuliers des *Loges* de France, reçoivent le pouvoir d'exercer l'autorité Maçonne, par des Patentes scellées de son grand & petit Sceau, & signées *Baur*.

(8) Feu M. *Procope*, Médecin, grand Franc-Maçon & *Vénérable* Maître de *Loge*, où ce Docteur s'est immortalisé par les Chansons Bachiques qu'il a composées à la gloire de la Maçonnerie.

(9) Le nom de ce Savant Journaliste n'a pas besoin d'aucune explication.

F R E R O N, de même que la *Serre*,
Est connu de toute la Terre.

ÉPITRE

De l'Auteur du Catéchisme des Francs-Maçons, à
un digne Chevalier de la Truelle de ses Amis.

CHER *** qui, sans prévention,
　　　Ecoutes, parles & décides,
　　　Dont l'Esprit marche avec deux Guides,
L'équitable raison & la réflexion,
Aurois-je mérité ton indignation
Pour avoir, des Maçons, pénétré les Mystères
　　　Et partagé, dans mainte occasion,
　　　Leurs délices imaginaires ?
Ai-je fraudé les droits de la Réception ?
　　Et comme un Frere Aprentif, imbécile,
　　　Ai-je juré sur l'Evangile ? (*a*)
　　　Non : mais par une invention,
　　　Et licite & particuliere,
Sans être initié, j'ai vû plus d'un rayon
　　　De cette mystique *Lumiere* (*b*)
　　　Qui t'a fait tant d'impression.
　A dire vrai, d'une étrange maniere,
　J'ai bafoué l'illumination.
　J'ai révélé les frivoles maximes
　　Et les burlesques Pantomimes.
　Et sur cela veux-tu rompre avec moi ?

　　　　　　　　　　　Eh !

Eh ! n'es-tu pas Ami , de bonne foi ;
De beaucoup d'Anti-Papistes ;
De nombre de Quiétistes ,
De tant d'Epicuriens ,
Qui souvent , dans leurs entretiens ;
Ont parlé , même en ta présence ,
De la Religion avec irrévérence ?
Ne peut-on pas , à plus fortes raison ;
Se déclarer Anti-Maçon ,
Et dire , à ce sujet , ce qu'on sait , ce qu'on pense ?
Ecoute mes Discours ainsi qu'une Chanson ,
Pour t'en venger, de la bonne façon,
Ceins le front des Maçons d'une triple Couronne ;
Mets-les au rang des Héros , ou des Dieux ,
De bon cœur je te le pardonne ,
Et tu n'en feras pas moins aimable à mes yeux.
Des plus extravagants sois le parfait Modèle ,
Respecte & suis rigidement leur Loi.
Au mépris des Ordres du Roi ,
Comme eux, va *travailler* chez *Hulin* , chez *Ruelle* ;
Chez *Chapellot* , chez *Vaillant* , chez *Landelle* , (*c*)
Je n'en serai ni jaloux , ni fâché ,
Tant que la sévére Police ,
Qui leur en a fait un Péché ;
Ne te surprendra point dans ce noble exercice.
D'*Adoniram* , d'*Hiram* , de *Booz* & de *Jakhin* (*d*)
Fais retentir la Gloire au-delà du Tonquin.
Consacre , si tu veux, le Niveau , la Truelle ;
L'Auge , l'Equierre & le Compas ,
L'Echafaud & même l'Echelle ,
Je ne t'en empêcherai pas.

Mais si je dois souffrir, sans entrer en furie ;
    Que tu fasses, à tout moment,
    L'éloge de ta Confrairie,
    Que pour imiter, follement,
Des Francs-Maçons la Charlatanerie ;
    Tu nous traites publiquement
    De *Profanes*, impunément, (e)
    Souffre donc que, sans flaterie,
    Je te dise, sincérement,
Qu'à mon avis les Loix de la Maçonnerie
    Sont des Loix qu'assurément
    Le Dieu de la Raillerie,
    Et son Conseil falotin
Ont fait tirer pour vous du Code Calotin.
    Je n'en parle point en Novice,
    Tous, *in petto*, vous me rendez justice
    Comme le meilleur Maçon,
    Je sais *charger* un *Canon*, (f)
L'*apointer*, faire *feu*, de maçonne maniere.
    Toute-fois j'ai pris mes ébats,
Très-vénérablement, en *Loge* réguliere.
Quoique je sois passé *de l'Equierre au Compas* , (g)
    D'une façon fort singuliere
    Que, comme toi, je ne sois pas venu ,
D'Orient en Occident , d'un seul saut en arriere , (h)
N'en doute pas, Ami, *l'Acacia m'est connu.* (i)
Je sais mieux qu'un Maçon d'*Adoniram* l'Histoire. (k)
    Mais qui n'a pas, aujourd'hui, cette Gloire ?
Vos secrets à Paris ont fait un si grand bruit,
    Que tout le Monde en est instruit.
    En vain pour nous donner le change ;

Le parfait Maçon a paru , (*l*)
De ce Roman , le Public peu feru ,
Amplement de l'Auteur fe venge
En vain , des Freres diftingués
Ont chanté la Palinodie
De vos Myftères divulgués ;
C'eft un fecret de Comédie.
L'autre jour dans un Feftin ;
Qu'un riche & vieux Libertin
Nous donnoit à la Campagne ,
Cloris , en fablant du Vin
De Bourgogne & de Champagne ;
Chantoit les bachiques Chanfons ,
Qu'en *Loge* chantent les Maçons :
Et croyant que je pouvois l'être ,
Me fit le figne de Maitre. (*m*)
A mon tour , fraternellement ,
Je lui donnai l'attouchement , (*n*)
Et fans oublier l'Acollade. (*o*)
La Belle à tout cela répondit doctement ,
Et foudain , après l'embraffade ,
Me dit , ab-hoc-&-ab hac ,
Jakhin , *Booz* & *Makbénak*. (*p*)
Mais ce n'eft pas ce trait encore ,
Qui feulement vous deshonore ,
Ce qui doit plus vous humilier tous ,
C'eft de voir Porteurs d'Eau , Fiacres & Harangeres ;
Eclairés de tous vos Myftères ,
Et , fans craindre votre courroux ,
Faire fur vous des Commentaires.
Par-là tu vois , comme tes Freres ,

Que le Public , avec raison ,
Reconnoît ; aujourd'hui , *Léonard* GABANON , (*q*)
Votre cruel Antagoniste ,
Pour être , des Maçons , le grand Evangeliste.
Tous vos plus subtils Docteurs
Disent , en vain , le contraire ;
Sont d'insignes imposteurs ,
Qui ne persuadent guère.
Mais , cher Ami , que j'aimerai toujours
Et que sans réserve j'estime ,
De ce téméraire Discours
Ne me fais pas un nouveau crime.
Excuse en moi , chrétiennement ,
La bonne foi , la franchise
Et la ruse très-permise.
De tes Docteurs , pareillement ,
J'excuserai la fourberie
Et cet amour extravagant
Qu'ils font tous éclater pour la Maçonnerie.
Dorénavant , de ta Société ,
J'admirerai jusqu'au plus sot délire ,
Sans jamais parler d'elle avec sincérité.
Je conviens que la vérité ,
A son sujet , n'est pas fort bonne à dire.

Un Ami trop sincère & trop officieux ,
Qui , sur tous nos défauts , ne peut fermer les yeux ;
Ni même garder le silence ,
N'est pas l'Ami que l'on aime le mieux ;
Quand la vérité nous offense ,
Celui qui nous la dit nous paroît odieux.

NOTES

Pour l'intelligence des mots mystérieux employés dans l'Epitre précédente, faisant partie des secrets de la Maçonnerie.

(*a*) A la Réception de l'Aprentif, le Récipiendaire fait serment sur l'Evangile de ne jamais révéler les secrets de la Maçonnerie, *& en cas d'infraction, dit-il ensuite, je consens d'avoir la Gorge coupée, la Langue percée, le Cœur arraché, les Entrailles déchirées & que mon Corps soit ensuite brûlé & réduit en cendres, pour être jettées au vent sur le bord de la Mer, afin qu'il ne soit plus question d'un malheureux tel que je serois. Ainsi Dieu me soit en aide.*

(*b*) Les Francs-Maçons prétendent que tous ceux qui n'ont pas le bonheur d'être de leur Société, sont dans les Ténébres : en voici une preuve tirée de leurs Catéchismes.

D. *Pourquoi vous êtes-vous fait recevoir Maçon ?*

R. *Parce que j'étois dans les Ténébres & que j'ai voulu voir la lumiere.*

(*c*) Fameux Traiteurs, où les Francs-Maçons

opulents alloient ordinairement *travailler*, c'est-à-
dire, tenir *Loge* & faire voir la lumiere aux *Profanes* curieux. Mais malgré la beauté & l'utilité de
leurs Travaux, le Roi leur défendit, non-seulement,
de travailler & de s'assembler dans aucun endroit de
son Royaume, sous quelque prétexte que ce fût; mais
aussi fit défense à tous Cabaretiers, Aubergistes,
Traiteurs, &c. de les recevoir chez eux. Cependant,
quelques-uns de ces Publics Officiers de Bouche,
entre autres, le nommé *Chapelot*, Marchand de Vin,
à la Rapée, à l'Enseigne de Saint Bonet, & le nommé *Leroi*, Traiteur, rue & Paroisse Saint Germain
l'Auxerrois, pour avoir contrevenu auxdites défenses,
ont été condamnés, le premier à mille livres d'a-
mende & à avoir son Cabaret muré pendant six mois,
par une Sentence de Police du 14 Septembre 1737,
& le second à trois mille livres, par une autre Sentence du même Tribunal, rendue en conséquence
contre lui le 18 Juin 1745.

(*d*) *Adoniram*, selon l'Ecriture, étoit l'Architecte du Temple de *Salomon*, & *Hiram* fut ce célébre Ouvrier en Métaux, qu'*Hiram*, Roi de Tyr,
envoya à *Salomon* pour le plus parfait Ouvrier en
Métaux qu'il y eût dans le Monde. *Flavius Joseph*
apelle cet Ouvrier, *Chiram*, d'autres, *Huram Abif*.
Son Pere, nommé *Ur*, descendoit des Israélites,
quoiqu'établi à Tyr, & sa Mere étoit de la Tribu

de Nephtali, selon *Joseph*. Voilà les différens noms qu'on donne à cet Ouvrier, qui fit les deux magnifiques Colonnes qu'il y avoit à la Porte du Temple de Jérusalem, & qu'on nomma l'une *Jakhin* & l'autre *Booz*; Noms, comme nous l'avons déja dit, qui servent, chez les Francs-Maçons, de mot aux Aprentifs & de mot aux Compagnons, pour se reconnoître entr'eux.

(*e*) Ces trop singuliers personnages apellent *Profanes*, sans aucune exception, tous ceux qui ne sont pas de leur profane Confrairie, Je dis profane à mon tour & à plus juste titre; parce que, pour y être initié, il faut commencer par profaner l'Evangile de J. C. sur lequel ils font leur vain & téméraire serment. Ignorent-ils donc qu'il n'est point de sermens légitimes que ceux que la Religion, le Roi & la Justice exigent de nous, & qu'il n'est pas permis à un Chrétien d'en faire d'autres, sous quelque prétexte que ce soit, sans offenser Dieu grièvement ? Non, ils sont trop éclairés pour ne pas savoir cela. Ainsi, nous ne saurions douter, que le serment qu'ils font à leur Réception, ne soit très-criminel & nul de droit.

(*f*) Dans leurs Festins, lorsque la Loge est ouverte, c'est-à-dire, lorsqu'ils sont obligés d'observer les Régles & les Cérémonies prescrites par leurs bachiques Statuts, ils apellent le Vin rouge *de la poudre rouge*, le Vin blanc *de la poudre forte*, l'Eau *de la poudre blanche*, les Bouteilles, *des Barils*, & les Vases, dans lesquels ils boivent, *des Canons*, qui font des Gobelets de criftal, les Verres ordinaires n'étant pas affez forts pour réfifter à l'exercice qu'ils font en buvant. En conféquence de cette fingu-liere Artillerie, quand il s'agit de boire une fanté *avec tous les honneurs de la Maçonnerie*, celui qui commande l'exercice, dit : *à l'Ordre, mes Freres, chargeons, portez la main droite à vos Armes, en joue, feu & grand feu, mes Freres*, &c.

(*g*) C'eft-à-dire, parvenu à la Maîtrife, & c'eft une des réponfes effentielles du Catéchifme des Maîtres qu'il faut faire en *Loge* à cette demande.

D. *Comment avez-vous paffé à la Maîtrife ?*

R. *De l'Equierre au Compas.*

(*h*) Après que le Récipiendaire *a paffé de l'E-quierre au Compas*, il fe trouve entre deux Freres Acolites, qui, fans l'avertir de ce qu'ils vont faire, le faififfent & le jettent en arriere tout étendu fur la forme du Cercueil tracé fur le plancher pour la Ré-ception des Maîtres. C'eft, relativement à ce demi-faut périlleux, qu'on lit dans leur Catéchifme la deman-de & la réponfe fuivante :

D. *Comment voyagent les Maîtres ?*

R. *De l'Orient à l'Occident*, &c.

(*i*) C'eft la Réponfe qu'un Maçon, initié dans la Maîtrife, doit faire en *Loge*, quand on lui demande s'il est Maître, où au lieu de répondre, l'*Acacia m'est connu*, il peut dire, & cela est égal, *examinez, approuvez, ou désaprouvez-moi si vous pouvez*.

(*k*) Cette funeste & apocryphe Histoire, dont on ne trouve aucun vestige dans l'Ecriture ni dans *Joseph*, est le seul & pitoyable sujet sur lequel roulent toutes les Cérémonies de la Réception des Maîtres, & les Mystères de ce dernier grade, sont tous analogues à la tragique mort de l'Architecte du Temple de *Salomon*, qui fut assassiné par trois Compagnons Maçons, selon l'Histoire qu'en racontent en *Loges* les Francs-Maçons, & que, sans eux, vrai-semblablement, tous les *Profanes* ignoreroient encore; car il est certain qu'aucun Historien, digne de foi, n'en fait mention. Or, l'Ecriture nous apprend seulement que celui qui conduisoit les Travaux de ce Temple, s'appelloit *Adoniram*; & *Joseph*, dans son Histoire, le nomme *Adoram*. Cependant, les Francs-Maçons, tout Administrateurs généraux qu'ils sont de la Lumiere, honorent en *Loge* la mémoire de cet Architecte sous le Nom d'*Hiram*, Roi de Tyr, ou sous celui d'*Hiram*, Ouvriers en Métaux.

(*l*) *Le parfait Maçon & la Franche Maçonne*, sont deux Romans qui ont été donnés au Public pour les véritables secrets de la Maçonnerie. Mais le Public, qu'on trompe dificilement, n'a pas pris le change. Il a bientôt reconnu que ces deux Ouvrages ne con-

tenoient que des Fables, assez mal imaginées, pour
contredire la vérité dévoilée dans le Livre intitulé,
*la désolation des Entrepreneurs modernes du Temple
de Jérusalem*, *ou nouveau Catéchisme des Francs-
Maçons*, *dédié au beau sexe*, *par Léonard* GABA-
NON, &c.

(*m*) Ce signe consiste à lever la main droite au-
dessus de la tête, le revers tourné du côté du front,
les quatre doigts étendus & joints les uns contre les
autres, le pouce écarté & de le porter ainsi dans le
creux de l'estomach, sans changer la main de situa-
tion.

(*n*) *L'atouchement de Maître* se donne en ap-
puyant les quatre doigts écartés, à demi pliés en
forme de serre, sur la jointure du poignet de celui
à qui on veut le donner; & s'il est au fait, il y répond,
en même-temps de son côté, par le pareil attouchement. De sorte que les deux mains font la même opé-
ration sur la jointure du poignet de l'un & sur celle
de l'autre.

(*o*) Pour se donner la parfaite *Acollade* de Maître,
il faut d'abord se prendre par la main droite en se
donnant mutuellement l'attouchement, avancer &
approcher chacun ses deux pieds droits l'un contre
l'autre, de maniere que les deux genouils, de ces
deux pieds assemblés, se touchent en dedans, puis
se passer réciproquement la main gauche par-dessus

le col, la poser sur l'épaule, les doigts à moitié pliés
en forme de serre, & dans cette attitude, se baiser
trois fois.

(*p*) Voyez dans les Notes précédentes du Brevet
celle qui est marquée du chiffre (2).

(*q*) GABANON est le nom que prennent en général tous les Francs-Maçons, & leurs enfans mâles s'apellent LUFTON. Ils jouissent en *Loge* du Privilége d'être
reçus avant tous les Princes, Seigneurs & autres. De
sorte que le fils d'un Valet de Chambre Franc-Maçon est reçu avant le Maître de son Pere, ce Maître
fût-il l'Empereur *Caracalla*. O le beau Privilége !
Qu'il est glorieux de porter le nom de LUFTON ! Au
reste, il ne s'agit point ici de faire l'éloge de ces
preux Chevaliers, ils le font assez bien eux-mêmes.
D'ailleurs ils ont l'avantage de croire fermement que
la qualité seule de Franc-Maçon les met au-dessus de
tous les autres Hommes. Pour en être convaincu il
suffit de lire les demandes & les réponses suivantes, ti-
rées du Catéchisme des Maîtres.

D. *Que signifie la Lettre G ?*

R. *Got, ou plus grand que vous, très-respectable.*

D. *Qui peut être plus grand que moi qui suis Maçon libre & Maître d'une Loge aussi bien composée ?*

R. *Elle signifie le nom de Dieu.*

A cette Réponse, le très-respectable ne réplique

rien. Ainſi, il faut juger, par ſon ſilence, qu'il reconnoît que Dieu eſt plus grand que lui : mais que
Dieu ſeul, c'eſt tout ce qu'il peut faire.

Comme nous n'avons pas prétendu inſérer dans
ces Notes tous les Myſtères de la Maçonnerie & que
notre but eſt d'expliquer ſeulement ceux dont il s'a-
git dans l'Epitre précédente, nous croyons avoir
rempli notre objet. Les Profanes, qui voudront voir
la lumiere plus parfaitement, n'ont qu'à conſulter
Léonard Gabanon, c'eſt-à-dire, l'Ouvrage comme
ci-devant intitulé à la fin de la Note indiquée par la
Lettre (*l*).

Fin des Notes de l'Epitre.

A R R È T

DU CONSEIL D'ÉTAT D'APOLLON,

Rendu en faveur de l'Orcheſtre de l'Opéra. Contre le fameux J. J. ROUSSEAU, Citoyen de Genève, Auteur du petit Opéra, en un Acte, intitulé, le Devin du Village, & de l'Ecrit, qui a pour titre, Lettre ſur la Muſique Françoiſe, &c.

Extrait des Regiſtres du Conſeil d'Etat d'Apollon.

Sur la Requéte bien dictée,
Par le Sieur CHERON (1) préſentée
Au Dieu des Vers & du Soleil
Etant dans ſon brillant Conſeil,
DISANT, qu'un élégant Sophiſte,
De mine baſſe, froide & triſte;
Qui, d'un Auteur de grand renom,
Porte le mémorable Nom,
Diſant, que ce plat Rapſodiſte,
Et fameux Maitre Aliboron,
A, dans un indécent Grimoire (2)
Du faux Goût le *non plus ultra*,
Eſſayé de flétrir la Gloire
De l'Orcheſtre de l'Opéra. (3)

Cheron, dans cette circonſtance,
Malgré ſa bonté, ſa douceur,
Croit devoir rompre le ſilence.
Quoiqu'il mépriſe l'Offenſeur,
Il ne pardonne pas l'offenſe.

A ces Causes il requeroit,
Et très-ardemment déſiroit,
Qu'il nous plût, en pleine Audience,
De réprimer ſévérement,
Sur-tout définitivement,
La témérité, l'impudence,
De Jean-Jacques Rousseau, bâtard
Du Dieu des Vers, ou de *Ronſard*,
Dont la polémique éloquence,
A l'exemple de ce Vieillard, (4)
Qui radote & rentre en Enfance,
Fait le Procès à tout bel Art,
Quoi qu'il ſoit un puits de Science
Et l'Apollon de Vaugirard;
S'étant acquis le privilége
Par ſes Poëtiques Salmis,
D'être, à l'inſtar de *Théognis*, (5)
Surnommé Poëte de Neige.

Vû la Requête du plaignant,
Dans les Cœurs de toute l'Europe
Et vû l'Ecrit impertinent
De notre nouveau Miſantrope.
Plus, oui les Concluſions
Et les juſtes réflexions,
De la Divine *Calliope*:
Tout bien conſidéré, *Phœbus*,

Selon les Régles & les us,
Ordonne que ce grand *Jean-Jacques*,
Qui de ses jours ne fit ses Pâques,
Comme étant sujet de Momus,
En porte tous les attributs;
Qu'à sa Cour il ait bonne Place,
Que toute sa vie il croasse,
Dans les fossés de l'Hélicon
Après cette Orchestre chérie
Du Dieu même de l'Harmonie
Et de tout le sacré Valon.

ENJOIGNONS donc à ces Artistes,
Que les meilleurs Apologistes
Ont toujours mis, avec raison,
Au rang des plus grands Symphonistes,
Enjoignons à ces Amphions,
Organes de nos Passions,
De voir ce Philosophe étique,
Dépourvu de Dialectique,
Dans nos Marais les plus bourbeux,
Se déchaîner en vain contr'eux,
Comme on voit, souvent, à la brune,
Un Chien aboyer à la Lune.

VOULONS, de pleine autorité,
Sans offenser la vérité,
Que son écrit diffamatoire
Soit intitulé, *Repertoire*
De systêmes extravagants,
De Paradoxes indécents,
Contre la Nation Françoise,
Et ses Artistes favoris. (6)

Par Rousseau , *vivant à son aise ;*
De leurs bienfaits à Paris.
Pour prévenir , en diligence ,
La trop légitime vengeance ,
Qui pourroit tomber sur son dos ,
Et broyer à l'instant ses os ,
Nous recommandons à la France ;
A qui Rousseau , par complaisance ,
Fait de si frivoles leçons ,
De lui donner , en récompense ,
Asyle aux Petites Maisons. (7)

   Fait par nous d'un commun suffrage ;
Formant , dans toute sa splendeur ,
Du Dieu des Vers , l'Aréopage.

   L'an où *le Devin du Village* ,
Fit remarquer que son Auteur
Etoit bien plus heureux que sage.

REMARQUES.

Sur les Motifs de l'Arrêt précédent.

(1) FEU CHERON, alors Inspecteur de l'Orchestre de l'Opéra. Ce Musicien étoit un excellent Maître de composition : J. J. ROUSSEAU n'en sauroit disconvenir ; car il a daigné prendre de ses leçons, dont, à dire vrai, il n'a pas su profiter.

(2) *Lettre sur la Musique Françoise, par J. J. ROUSSEAU.* Il est d'autant plus surprenant, que cette lettre ait irrité la colere de tout le Parnasse François, que J. J. ROUSSEAU rend lui-même justice à son Ouvrage, en convenant, dans l'Epigraphe mise à la tête de ce Libelle diffamâtoire, que ce ne sont que de vaines paroles & des sons vuides de tout sens : *Sunt verba & voces ; prætereaque, nihil.* C'est lui-même qui le dit, & tout le monde en convient.

(3) Ce prétendu Philosophe qui connoit si peu l'Orchestre de l'Opéra, qu'il en ignore même le genre, & qu'il la masculinise sans raison & contre l'usage reçu, accable cette Orchestre, mâle ou femelle, des plus basses injures. En parlant, page 33, de l'air *se pur d'un infelice*, &c. de la fausse Sui-

G

vante, *air très-pathétique*, dit-il, *sur un mouve-
ment très-gai*, *auquel il n'a manqué qu'une Voix
pour le chanter*, *& un Orchestre pour l'accompagner*;
l'infulte n'eft pas ménagée. Mais ce qui doit confoler cette Orcheftre fi brutalement attaquée, c'eft
qu'il lui affocie la Nation entiere, *& des Oreilles*,
ajoute-r-il, *pour l'entendre*. Qui auroit jamais penfé
qu'il n'y eut que deux bonnes oreilles en France,
& que ce fût J. J. Roufeau qui les portât ? Mais
il nous prépare à toutes ces extravagances dès les
pages 14 & 15 de cette Lettre fur la Mufique.
Il n'y a peut-être pas, dit-il, *quatre Symphoniftes
François qui fachent la différence de Piano & Dolce*,
& que c'eft fort inutilement qu'ils la fauroient; *car
qui d'entr'eux feroit en état de la rendre ?* A quoi
il ajoute, *que les Etrangers font fort furpris*, *que
notre Orcheftre*, *vanté comme le premier du Monde*,
foit à peine digne des tréteaux d'une Guinguette. Voilà
de ces invectives auxquelles on ne doit pas répondre. Auffi les Symphoniftes de l'Opéra n'y ont-
ils pas répondu. Ils fe font contentés de pendre J. J.
Rousseau en effigie, avec fon *Devin du Village*
au col.

(4) Voyez le Dialogue de Pégaze & du Vieillard
page 6, où nous lifons ces vers:

» Dans fes Champs cultivés, à l'abri des revers,
» Le Sage vit tranquille & ne fait point de vers.

Ceux-ci sont-ils donc faits par quelque Gnome du Parnasse ? Non , ces Esprits terrestres sont trop raisonnables pour parler le langage des Dieux , & de ces vers, le bon Vieillard est , sans doute, l'Auteur. De-là , on doit nécessairement conclure qu'il n'est pas sage , si ce n'est pas être sage en effet que de faire des vers, quoiqu'en les faisant même aussi bien que lui : car il est certain que les Muses ont comblé ce Vieillard de leurs plus précieuses faveurs. Au reste , bien qu'il prétende avoir pour elles beaucoup de respect, il nous prouve le contraire par les vers suivants:

» Monsieur. . . . pour le bien du Royaume
» Prefere un Laboureur , un prudent Œconome ,
» A tous nos vains Ecrits qu'il ne lira jamais.

Cet anonime Personnage pourroit bien ne pas savoir lire, & en ce cas il seroit fort excusable.

» Triptoleme est le Dieu , dont je veux les bienfaits ,
» Un bon cultivateur est cent fois plus utile
» Que ne fut, autrefois , *Hésiode* , ou *Virgile*.
» Le besoin , la raison , l'instinct doit nous porter
» A faire nos Moissons plutôt qu'à les chanter , &c.

Quoi qu'en dise ce vénérable Vieillard , il me semble qu'il ne seroit pas aussi bon Moissonneur qu'il est bon Poëte. C'est pourquoi je lui conseille

De chanter nos Moissons plutôt que de les faire.

D'ailleurs , je soutiens qu'*Hésiode* , *Virgile* , *M. de Voltaire* , & tous les Auteurs de la même catégorie , sont de ces Hommes divins auxquels nous avons beaucoup plus d'obligations qu'aux Cultivateurs de la terre , & qu'aux plus utiles Artisans du monde ; parce que les travaux de ces derniers n'ont d'autre mérite , que celui de procurer à notre mortel & méprisable individu , les choses qui lui sont nécessaires pour exister , & que les Ouvrages des premiers éclairent , cultivent & nourrissent notre Ame & notre Esprit. Il est vrai que dans le siécle où nous sommes , on ne s'embarrasse guères de l'une ni de l'autre , & qu'on ne songe uniquement qu'à donner , en abondance , à son corps , non-seulement tout ce qu'il lui faut , mais même aussi tout ce qu'il ne lui faudroit pas , & qu'il seroit salutaire pour lui de ne point avoir. Il n'est donc pas étonnant qu'on préfere aujourd'hui les Cultivateurs de la terre & les prudents Œconomes , aux plus grands Orateurs de l'Univers.

(5) Poëte Grec dont les piéces étoient si froides & si médiocres , qu'elles laissoient le sentiment du Spectateur dans une entiere apathie , c'est-à-dire , dans une inaction totale , sans lui causer ni joie ni tristesse , ni mécontentement , ni satisfaction. C'est pourquoi il fut surnommé *Nix* , ou *Poëte de*

Neige. Il faut convenir que J. J. ROUSSEAU a plus d'art, ou qu'il est plus heureux que *Théognis*; car sa Lettre sur la Musique Françoise excite, du moins, un sentiment, mais c'est celui de la pitié.

(6) Il promet, page 3, *d'établir des principes sur lesquels, en attendant qu'on en trouve de meilleurs, les Maîtres de l'Art puissent diriger leurs recherches.* Voilà donc l'Ecole ouverte à Paris, par J. J. ROUSSEAU, pour tous nos Compositeurs de Musique. Qu'ils écoutent les leçons de ce profond Docteur. Il va leur apprendre ce qu'ils ne savoient pas; & voici par où il débute. *Ils donnent*, dit-il, en parlant de tous les Auteurs d'Opéra François, sans en excepter un seul, *ils donnent le nom d'airs à ces insipides chansonnettes, dont ils entremêlent les scènes de leurs Opéra, & réservent celui de Monologue par excellence, à ces traînantes & ennuyeuses lamentations, à qui il ne manque pour assoupir tout le monde, que d'être chantées juste & sans cris.* Après quoi, il apprend à tous ces grands Maîtres, page 65, *que leur musique est aussi ridicule quand on l'examine, qu'insupportable quand on l'écoute.* Page 66, *que rien n'est si traînant, si lâche & si languissant, que ces beaux Monologues, que tout le Monde admire en bâillant, qui voudroient être tristes, & ne sont qu'ennuyeux, qui voudroient toucher le cœur, & ne sont qu'affliger les oreilles.* Page 89,

qu'*Armide*, ce chef-d'œuvre de Lulli, fait fentir combien ce Muficien étoit peu capable de mettre de la mufique fur les paroles du grand Homme qu'il tenoit à fes gages. Que fi l'on envifage le célebre Monologue de cet Opéra comme du chant, on n'y trouve ni mefure, ni caractère, ni mélodie : que fi l'on veut que ce foit du récitatif, on n'y trouve ni naturel, ni expreffion, &c. D'où ce Fanatique conclut, en finiffant fes pitoyables leçons, qu'*il n'y a ni mefure, ni mélodie dans la Mufique Françoife, parce que la Langue n'en eft pas fufceptible, que le Chant François n'eft qu'un aboyement continuel, infuportable à toute oreille non prévenue, que l'Harmonie en eft brute, fans expreffion & fentant uniquement fon rempliffage d'Ecolier, que les Airs François ne font point des Airs, que le Récitatif François n'eft point du Récitatif, & qu'enfin les François n'ont point de Mufique & n'en peuvent avoir, ou que fi jamais ils en ont une, ce fera tant pis pour eux.* Qu'il nous explique, du moins, ce Paradoxe : car, fi notre Mufique eft, en effet, un être de raifon, qui n'exifte que dans notre imagination, pourquoi *feroit-ce tant pis pour nous* fi jamais nous en avions une réelle ? Pour moi je crois que le plus grand malheur qu'il pourroit nous en arriver, c'eft que cette Mufique réele fût du goût de J. J. ROUSSEAU. *Mais, felon lui, nous n'en avons pas & nous n'en aurons*

jamais ; parce qu'il nous faudroit une autre Langue.
Cependant , il y a une portion considérable de
Musique Françoise, puisqu'elle est faite par des François & dans le goût François , où il ne se trouve
point de paroles , où , dont les paroles sont Latines ,
dans laquelle Musique , par conséquent , le prétendu défaut de notre Langue n'entre pour rien. Ce
sont les Piéces de Clavecin de *Couperin* , de *Mar-*
chand , de *Dandrieux* , de *Rameau* , de *Mondon-*
ville , &c. Les Piéces de Violes de *Marais* , de *For-*
querai , les Sonnates , les Duo , les Trio & les Con-
certo de *Leclair* , les Motets de *Lalande* , de *Ber-*
nier , de *Campra* , de *Gilles* , de *Folio* , de *Petouille* ,
de *Madin* , de *Mondonville* , de *Blanchard* , de
Fanton , de *Bordier* & de tant d'autres célébres Compositeurs François. Cette Musique Françoise peut
donc être bonne , puisque notre Langue n'y porte
aucun obstacle. L'est-elle , en effet ? Ou pourquoi
ne l'est-elle pas? Voilà sur quoi notre *Don-Quichote*
de la Musique Italienne auroit du s'expliquer. Si
cette Musique n'est pas bonne , ce ne sont pas , cependant les paroles Françoises qui empêchent qu'elle
ne le soit. Si elle est bonne , il y a donc de bonne
Musique Françoise. D'où il faut du moins conclure ,
que J. J. Rousseau n'a pas suffisamment dévelopé
son burlesque systême , & qu'il y manque une partie essentielle.

G iv

En parlant du sieur *Cafarelli*, aux Talents duquel,
à Paris, on a su rendre justice, il dit page 7 6, *ja-*
vois espéré que le Sieur Cafarelli nous donneroit, au
Concert Spirituel, quelque morceau de grand Réci-
tatif & de Chant pathétique, pour faire entendre une
fois aux prétendus connoisseurs ce qu'ils jugent depuis
si long-tems ; mais sur ses raisons, pour n'en rien
faire, j'ai trouvé qu'il connoissoit, encore mieux que
moi, la portée de ses Auditeurs. Auroit-on cru qu'un
Avanturier sans appui, sans protection, annoncé
par de ridicules Brochures & par un seul & médiocre
Acte d'Opéra, osât venir de Genève, où il n'est guères
plus connu qu'il l'étoit à Paris, pour insulter une Nation entiere, pour lui prodiguer à face découverte,
& sous son Nom, qu'il ne rougit pas de mettre,
les invectives les plus basses & les plus grossieres &
pour s'ériger en Homme unique, par ses profondes
connoissances & la justesse de son goût. N'est-ce pas
manquer au respect que nous devons avoir pour
le Public ? N'est-ce pas manquer, en même-temps,
d'égard, de bien-séance & de bons sens ? » Respec-
tons les Hommes, « dit Ciceron, » & non-seule-
» ment les honnêtes Gens, mais le Public en géné-
» ral. Pour mépriser ce qu'il pense de nous, il faut
» plus que de l'Orgueil, il faut ne conserver pas un
» reste de probité & d'honneur.

(7) J'en demande pardon à J. J. ROUSSEAU &

à tous ſes Partiſans , mais je crois qu'il n'y a point de Retraite qui lui convienne mieux que les Petites-Maiſons. Il offre des titres trop avantageux pour qu'on ne l'y reçoive pas avec joie & même avec diſtinction. Or , comme perſonne ne doute qu'il n'ait des droits bien légitimes ſur cet Hôpital , nous ne prendrons point la peine de réfuter ici en dé-tail , tous les faux principes & les argumens , *in baroco* , dont fourmille ſa Lettre ſur la Muſique Françoiſe. D'ailleurs les longues diſſertations , qu'on ne pourroit pas ſe diſpenſer de faire à ce ſujet , ne ſeroient point entendues des perſonnes qui n'ont pas fait une étude particuliere de la Muſique , & de tous ceux qui ont approfondi ce bel Art , il n'y en a pas un qui ne ſoit frappé , à la premiere lec-ture de cette Lettre , du faux & du ridicule des raiſonnemens de ſon Auteur. On n'eſt donc point dans le cas de pouvoir mieux inſtruire les premiers , & les derniers n'ont pas beſoin de l'être. Des ob-ſervations plus étendues ſur le fond de la conteſta-tion , ſeroient inutiles aux uns & auſſi ennuyeuſes pour les autres , que la lettre de J. J. Rousseau. Ainſi , il faut regarder ces remarques comme un coup d'archet , qu'un Violon de l'Opéra a voulu, en paſſant , lui donner ſur les doigts.

(8) Quoique le *Devin de Village* ne ſoit pas un grand Sorcier , c'eſt–à–dire , un aſſez puiſſant motif

pour mériter à fon Auteur le bonnet de Docteur en Mufique; cet Opéra en un Acte, dont les paroles & la Mufique font de J. J. ROUSSEAU, a eu quelques fuccès, malgré fa médiocrité; parceque le Poëte & le Muficien ne s'étoient pas préfentés de façon à faire attendre d'eux des merveilles, & comme on n'en efpéroit pas beaucoup, le paffable feul a plus que fatisfait. D'ailleurs, la fingularité de la réunion du Poëte & du Muficien a pu fervir à accroître les applaudiffemens. Enfin, les Talens enchanteurs de Mlle. *Fel* & de M. *Jéliote*, ont attiré tous les fuffrages : & fi ce petit Acte a valu à J. J. ROUSSEAU, comme on le dit, 200 louis, il en doit au moins la moitié à l'Actrice & à l'Acteur, & plus des trois quarts de l'autre moitié à l'Orcheftre de l'Opéra. Mais, malgré fa philofophie, fon amour-propre & fon orgueil ne lui permettent pas, fans doute, de fe croire leur redevable à cet égard. Sa Lettre fur la Mufique Françoife doit feul nous en convaincre.

Au refte, il n'eft pas étonnant que ce Philofophe Génevois, pour qui notre goût n'a pas été infructueux, entreprenne de le décrier fans raifon, puifqu'Homme de Lettre, & attendant toute fa fortune de fa plume, il a voulu fe faire connoître d'abord par les plus odieufes invectives contre les Arts & les Belles-Lettres, en leur attribuant follement la cause de la corruption des Mœurs, & même de la décadence des Etats. Un Homme à talens qui en fait métier & marchandise, qui se flate de les posséder tous & d'être, pour tout dire en un mot, le *Michel Morin* de notre siécle, peut-il établir de pareils principes ? Cependant nous serions obligés de convenir qu'il a raison, si tous les Gens de Lettres lui ressembloient ; car, en effet, ils ne seroient capables que de faire beaucoup de mal, sans produire aucun bien. Mais heureusement pour nous, il y a peu de Gens de Lettres aussi dangereux que J. J. Rousseau. Je dis dangereux, parceque c'est un Homme qui déraisonne énergiquement & avec esprit, un Homme qui parle hardiment de tout, & qui s'énonce avec grâce ; un Homme qui se plaît à faire la guerre au bon sens, & qui semble même souvent le mettre en déroute ; un Homme, enfin, qui est presqu'unique dans son espèce, & qui n'a rien de commun avec nos parfaits Orateurs, ni avec nos véritables sages. Ceux-ci nous engagent tous à cultiver les Lettres, & l'Orateur Romain, qui vint fort à propos avant l'Orateur Génevois, soutient que le fruit de cette étude est précisément la Vertu. Il suffit de lire ses Pensées sur la sagesse, pour être convaincu de la folie de tous ceux qui ne s'y conforment pas, & qui semblent vouloir insinuer, qu'*il seroit à souhaiter, pour le bonheur du Genre hu-*

main , *que tous les Hommes vécuſſent dans une craſſe & beſtiale ignorance* ; *qu'ils n'ont été créés que pour cultiver la terre & non pas les Belles-Lettres , dont ils ne peuvent recueillir que de mauvais fruits, &c.* C'eſt pourquoi nous ajoutons à ces remarques un extrait ſuccinƈt des penſées de l'Orateur Romain ſur la ſageſſe, pour réparer dignement l'honneur de la République Littéraire, ſi odieuſement attaquée par J. J. ROUSSEAU , & quelques-uns de ſes Diſciples. Mais ces Savans Apologiſtes de l'Ignorance, qui n'ont pas le pouvoir de perſuader, ni de diſſuader comme ils voudroient, ſe deshonorent euxmêmes en parlant contre cette République ; car malgré tout ce qu'ils en diſent, ils ſe flattent d'être du nombre de ſes Citoyens les plus éclairés & les plus recommandables. A qui ont-ils donc obligation de leurs lumieres & de leur gloire, ſi ce n'eſt pas à l'étude des Lettres ? Cette République leur at-elle donc mis en main ſes armes redoutables aux méchans, pour s'en ſervir contre elle ? C'eſt ce que je ne crois pas. On donne pourtant à ces Ingrats ennemis de la philoſophie, le nom de Philoſophes, & ce ſont là les *Thales*, les *Pythagores*, les *Platons*, les *Ariſtotes*, les *Zénons*, les *Socrates* & les *Catons* de notre ſiécle. Cependant, on ne ſauroit être Philoſophe ſans être ſage , mais on peut être ſage ſans être Philoſophe. Ainſi, qu'ils tâchent donc de ſe ré-

concilier, du moins, avec la fageſſe, pour n'être pas
indignes, à tous égards, du nom de Philoſophe, qu'on
veut bien leur donner gratuitement.

E X T R A I T

Des penſées de l'Orateur Romain ſur la Sageſſe.

» Qu'y a-t-il, dit *Cicéron*, de plus déſirable,
» que la ſageſſe ? Qu'y a-t-il de meilleur, de plus
» utile aux Hommes & qui ſoit plus digne d'eux ?
» On donne le nom de *Philoſophes* à ceux qui la re-
» cherchent : & ce mot de Philoſophie veut dire
» préciſément, *amour de la ſageſſe*. Or la ſageſſe,
» ainſi que les anciens Philoſophes l'ont définie,
» eſt la connoiſſance des choſes, ſoit divines, ſoit
» humaines, & de ce qui conſtitue leur nature.
» Un Homme qui mépriſeroit cette étendue, je
» ne vois pas ce qu'il peut eſtimer. Car ſi vous
» cherchez l'agréable & l'amuſant, peut-on rien
» comparer à une ſorte d'étude, qui tend à nous
» rendre gens de bien & heureux ? Mais d'ailleurs,
» ou c'eſt à la Philoſophie de nous enſeigner les
» principes d'une probité ſolide & conſtante, ou il
» n'y a point d'art pour cela. Or, de prétendre qu'il
» n'y ait point d'art propre à nous enſeigner l'eſ-

» fentiel, tandis qu'il y a des arts pour tout le refte ;
» c'eft un difcours peu fenfé & une erreur capitale.
» Pour apprendre donc la vertu , à quelle autre
» Ecole iroit-on , qu'à celle de la Philofophie ? &c. «

Voici comme le même Orateur s'exprime , en
parlant des Conjurés qu'il fit mourir, étant Conful,
dans la conjuration de *Catilina.* » Pour moi, dit-
» il, fi par beaucoup de préceptes & de bons livres
» que j'ai lu dès ma jeuneffe, je ne m'étois pas
» convaincu qu'il n'y avoit rien de fort défirable en
» cette vie, fi ce n'eft l'honneur & la vertu ; &
» qu'il falloit plutôt que de nous en départir, braver
» les tourmens & les dangers, la mort & l'exile :
» jamais je n'aurois rifqué , quand votre falut l'or-
» donnoit, d'avoir tant d'attaques à foutenir , &
» de me voir en butte, comme j'y fuis chaque jour,
» à la fureur des plus grands fcélérats. Mais tous les
» livres, tous les difcours des fages , toute l'anti-
» quité nous met des exemples devant les yeux :
» & ces exemples, fi l'on n'avoit point écrit, feroient
» enfevelis dans les ténébres. Combien les Ecrivains,
» foit Grecs, foit Latins, nous ont-ils laiffé d'ex-
» cellens Portraits, non pour les expofer feulement
» à nos regards, mais pour nous porter à nous y
» conformer ? Je ne perdois point de vue ces ad-
» mirables modeles ; & c'eft de-là que je tirois le
» courage & la prudence, dont j'avois befoin dans le
» maniement des affaires.

» On me dira : quoi ? Ces grands Hommes eux-
» mêmes, dont les vertus font célébres dans l'His-
» toire, avoient-ils cette forte d'érudition, que vous
» comblez de louanges ? A l'égard de tous, il ne
» feroit pas aifé de prononcer. Voici pourtant ce que
» j'ai de certain à répondre là-deffus. Je conviens
» qu'il y a eu plufieurs Hommes d'un rare mérite,
» qui grace à un naturel heureux, & prefque divin,
» n'ont rien eu à emprunter de l'étude pour deve-
» nir vertueux. J'ajouterai même, qu'un beau na-
» turel a plus fouvent réuffi fans l'étude, que l'étude
» fans un beau naturel. Mais d'un autre côté, lorf-
» qu'un homme, qui eft heureufement né, joint à
» cela de bonnes études, je foutiens que la réunion
» de tous les deux eft ce qui forme ordinairement
» le mérite fupérieur, le mérite fingulier. Voilà par
» quelle route marcherent, & l'incomparable *Afri-*
» *cain,* que nos peres ont vu ; & un *Lélius,* un *Fu-*
» *rius,* modele de fageffe, de probité ; & ce vieux
» *Caton,* la valeur même, & qui avoit, pour fon
» tems, un profond favoir, auroient-ils cultivé les
» Lettres avec tant d'ardeur, s'ils avoient jugé que
» ce fût un fecours inutile pour acquérir la vertu, &
» pour en bien remplir les devoirs ?

» Quand même les Lettres ne produiroient pas
» de fi grands fruits, & à n'y chercher que du plaifir :
» au moins ne leur refufera-t-on pas, je crois, d'être
» l'amufement le plus doux & le plus honnête. Tous

» les autres plaisirs ne sont, ni de tous les tems,
» ni de tous les âges, ni de tous les lieux. Mais les
» Lettres sont l'aliment de la jeunesse, & la joie de
» la vieillesse ; elles nous donnent de l'éclat dans la
» prospérité, & sont une ressource, une consolation
» dans l'adversité ; elles sont les délices du Cabinet,
» sans embarrasser ailleurs ; la nuit elles nous tiennent
» Compagnie ; aux Champs, & dans nos voyages,
» elles nous suivent.

» Que deviennent les Plaisirs de la Table, les Spec-
» tacles, le Commerce des Femmes, mis en com-
» paraison avec les douceurs que l'étude nous offre
» pour les Personnes sensées & bien élevées ? C'est
» un goût qui croît avec l'âge. Ainsi le vers de *Solon*,
» où il dit qu'en vieillissant il apprend toujours, lui
» fait honneur. Aucun plaisir, qui flatte l'esprit, ne
» peut surpasser celui-là.

» Il y a deux inconvéniens à fuir, en se livrant à
» un goût si naturel & si louable. L'un, de croire
» qu'on sait ce qu'on ne sait point, & d'avoir la té-
» mérité de s'y opiniâtrer. Pour se garantir de ce
» danger, ainsi que nous devons tous le vouloir, il
» faut donner à l'examen de chaque matiere, &
» l'attention, & le tems qu'elle demande. L'autre in-
» convénient est de s'appliquer, & avec trop d'ar-
» deur, à des choses obscures, difficiles, & qui ne
» sont point nécessaires. Qu'on évite ces deux écueils,
» on

» on sera vraiment estimable de s'attacher à quelque
» science honnête & digne de curiosité. «

» Heureux, dit très-bien *Platon*, l'Homme qui
» peut, ne fût-ce que dans sa vieillesse, parvenir à
» être Sage & à penser sainement ».

*Fin de l'Extrait des Pensées de Ciceron sur
la Sagesse.*

Tous les plus grands Philosophes de l'Antiquité,
& sur-tout ceux qui ont eu le plus d'amour pour la
Sagesse, ont pensé comme *Ciceron* à l'égard des
Belles-Lettres, & ont établi les mêmes Principes.
C'est un fait constant, que le grand Rousseau justifie
par ces deux Vers.

» Du vieux Zénon l'antique Confrerie,
» Disoit tout vice être issu d'ânerie.

AUTRE EXTRAIT

*D'un Discours prononcé, à l'ouverture du Parlement
de Paris, en 1704, par M. Daguesseau, alors
Avocat Général, & depuis Chancelier de France.*

» PENSER peu, parler de tout, ne douter de
» rien, n'habiter que les dehors de son ame, & ne
» cultiver que la superficie de son Esprit; s'exprimer
» heureusement, avoir un tour d'imagination agréa-

H

» ble , une converſation légére & délicate , & ſa-
» voir plaire ſans ſe faire eſtimer ; être né avec le
» Talent équivoque d'une conception prompte , &
» ſe croire , par-là , au-deſſus de la réflexion ; voler
» d'objets en objets ſans en approfondir aucun ;
» cueillir rapidement toutes les Fleurs , & ne donner
» jamais aux Fruits le temps de parvenir à maturité ,
» c'eſt une foible Peinture de ce qu'il a plu à notre
» Siécle honorer du nom d'Eſprit.

Fin des Remarques ſur les motifs de l'Arrêt précedent.